影子戰爭

人物設定

NO.01

王守人

年齡：16歲　　**身高**：170cm

體重：62kg

其他：擅長家務，但是不喜歡做。平時無精打采眼角略略下垂，但是認真起來會變成拚命三郎。平時喜歡待在家玩網路遊戲，幾乎不運動身形單薄。在校時不太會與人主動交談。

能量型影子使者，能夠汲取空間中的暗能量存在身體中並轉換為體力與恢復力，儲存的總量不多，但質量非常高。

NO.02

夸特恩

機器人般的鋼鐵巨人。

寄宿在王守人身上的意識型「存在」，必須依靠守人供給能量活動能力是調整機率。主要是依靠守人身上的能量調整機率，事件牽涉影響的範圍越小，相對的消耗的能量就越小；但是如果牽涉範圍極廣那就僅能提高發生機率而無法達到「絕對實現 」。

絕對實現

守人與鋼鐵巨人的能力疊合，發動時必須消耗大量的暗能量，能夠將特定事件的發生率提高到極限，但成功率還是會隨著牽涉範圍大小而下降。

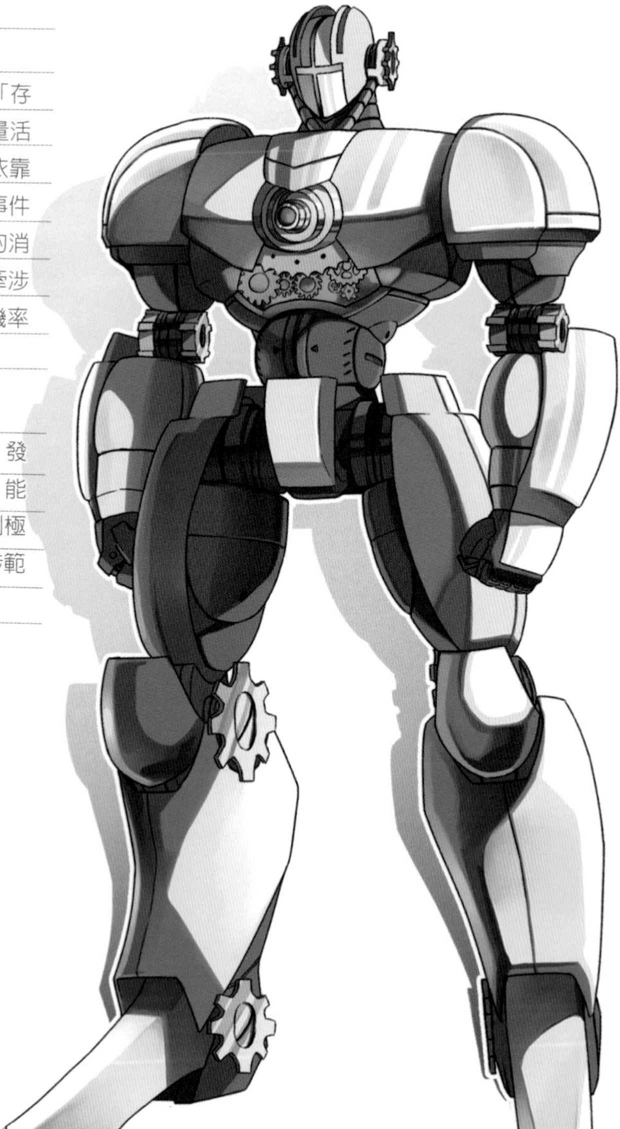

三日月

三日月

輕世代
FW018

影子戰爭
shadow war

01

墨筆烏司 著
阿特 繪

影子戰爭

shadow wars

ch1.
影子的覺醒

鬧鐘的鈴聲還沒響起，我就從冷氣停擺三小時之後的室溫中醒過來，早晨的房間還稱不上很熱，但是已經足夠讓我的額頭上冒出汗珠。我迷迷茫茫地看了看四周，起身將被子整好，盥洗完畢後就準備動手做了兩人份的早餐。我從冰箱裡拿出培根和雞蛋，將培根煎得焦香，配上半熟太陽蛋和烤土司放進盤子裡，然後坐在餐桌上就這樣吃起來。

暮綾姊的臥室裡傳出一聲巨響，然後她搖搖晃晃地走出臥房，上半身只穿著絲質睡衣，頭髮亂七八糟地翹起來，兩眼惺忪地將自己的那份早點端到客廳去。她盤坐在沙發上頭打了個呵欠，打開電視機看起晨間新聞，開始吃起早餐。

「拜託妳在姪子面前也稍微注意一下形象好嗎？」

「真囉唆，你一定是遺傳到老哥。」喉嚨的聲音相當混濁。

這個邋遢的女人其實是我父親的妹妹，說起來應該稱呼她姑姑才對。因為跟老爸的年紀整整差了十五歲，看起來還很年輕。我不記得父親的正確年紀，所以我推測暮綾姊大約也只是二十五歲左右。因為老爸跑去雲遊四海，孤苦無依的我升上高中後，就被丟到這裡來跟暮綾姊一起住，與其說是她照顧我，不如說是我照顧她。從小習慣一個人在家的我根本變成她的傭人，明明是姑姑但卻老是逼我叫她姊姊。雖然以我們兩人的年齡差距，要叫她姊姊也還說得過去就是。

「姑姑聽起來太老氣了，我才大你沒幾歲欸。」我們第一次見面時她就這麼強調。

我坐到旁邊的單人沙發上頭，新聞主播正滔滔不絕地報導著昨天市區內所發生的爆炸事件，數人受傷無人死亡；畫面正播著一條灰色的煙柱冉冉上升。

暮綾姊表情呆滯地看著電視畫面，嘴巴機械式地嚼著。

我坐著看了一會兒新聞，然後回到房間換上制服，準備去參加學校的暑期課輔。

老實說學校的課程實在是很無趣，大學什麼的就算不唸也無所謂。暑假還到學校去的原因只是因為自己待在家裡更無聊罷了——當然還有另一個很重要的原因。

「我去學校囉。」

「路葬小金——」暮綾姊邊嚼著土司，口齒不清地說著。

搭著電梯下樓，我轉到平常上學的路線上，路上還沒什麼通勤的人潮。

我上的是一所半升學取向的私立高中，為了提高升學率，給予成績好的學生相當豐厚的獎學金，就算是一般生，只要成績保持得不錯也還是可以得到學費減免，但是如果成績不好卻想就讀也可以，只要支付大筆的學費就可以入學。我國中的時候成績並不怎麼樣，因此老爸似乎是花了好一筆錢才將我送進來，升上二年級之後因為我的成績還算不錯，不僅學費減少，也編入了前段班。

老實說我並不怎麼用功，只是抱佛腳的功力還算不錯，讀過的部分剛好都會考出來，隨便猜猜的選擇題竟然也都會答對。

實在是運氣很好。

因為學校離家裡很近，我到學校的時候還沒什麼人，當然教室裡也跟平常一樣還空蕩蕩地一個人都沒有，通常每天都是我第一個進到教室。我走到教室底端靠窗邊的座位坐下，打開窗戶讓外頭的空氣進到教室裡面，吹散裡面的鬱悶感。夏天的教室總是會有一股奇妙的味道。

我將第一堂課的課本擺在桌上，大約過了四十分鐘左右班上的同學們才大致到齊，我的小學同學——季禘明在上課鐘聲響起的前一刻走進教室。

直溜溜的烏黑長髮垂洩而下，末端用髮圈固定著，雖然有近視卻一直戴著隱形眼鏡掩飾，班上知道她有深度近視這件祕密的人當然只有我而已。

她是這所學校裡，入學時我唯一認識的人。

小學和她同班了五年，出乎我的意料之外，以前那個頑皮的小女孩竟然變成了一個可愛的大美人。

才色兼備，文武雙全的美少女。

小時候明明只是個兇巴巴的小鬼。

季禘明在我前面的座位坐下來，頭髮的香味飄散過來。

我每次看到她的背影，就會想到小時候的放學時間，我們總是一塊走路回家，然後在岔路上分開，她轉進巷子裡還沒進到家門之前，我就站在路口上看著她的背影，直到她轉過來笑著向我揮手道別，我才慢慢地走回家。

那個笑容，我想我一輩子都不會忘記的。

雖說是小學同學兼玩伴，季褅明卻不怎麼跟我交談，跟我之間就像隔著一道巨大鴻溝似的有如陌生人一樣。或許是已經不記得我了吧，畢竟只是小學的玩伴而已。我不止一次這麼想。

如果真是這個樣子還比較好呢。

小學五年級的時候，她和父母一起離開，搬到這座城市來。她向我提起這件事的時候，我沒有埋怨她，只是握著她的手一句話也不說。她走了之後，我就一個要好的朋友也沒有了。我的心裡空空的，就連最簡單的再見也說不出來。

「我會記得你噢，」她握著我的手對我說：「我們還是可以打電話寫寫信啊！」

當然，這種發展並沒有開始，我賭氣地從不打電話給她，就算接到她的電話也總是悶不吭聲，因此還被媽給罵了一頓。

升上中學之後，我再也沒接到她的電話。

直到再次遇見她的時候，已經是被老爸丟到這裡來。那時我茫然地在校園裡走著，跟著眾多同學進行校園參觀的時候，無意間再次看見了她的背影。我仔細確認了好幾回，雖然不像以前那樣戴著厚重的眼鏡，而且又變得那麼漂亮，我相當確定那就是她。

我趁著空檔接近她，想要跟她相認。

但是她連看也不看我一眼，目光像是看著我身後的遠方。

「我不記得你。」

我的興奮之情被她冷冷地澆熄了。

她應該是恨我那時候這樣對她吧。

入學一年過去，唯一稱得上朋友的同學被分到不同班級，跟現在的同學之間也只是維持最低限度的溝通，頂多偶爾跟上大家的話題，在適當的時機說些話，就這樣。待在這個班上總讓我覺得格格不入，我跟這些頭腦好的學生根本就沒辦法混在一起。

自從她離開之後，我就再也沒交過稱得上知心的朋友，即使偶爾和人打打鬧鬧，我也覺得似乎隔著什麼東西。

唯一改變的是，季褅明和我被編入同個班級。

每天到學校來的唯一動力，就只有可以從後頭看著我曾經熟識的那個女孩的背影而已。褅明的成績雖然總是名列前茅，但是我卻也沒看過她跟其他同學有什麼正常的互動，一開始還有些人會來跟她攀談，但她始終沒有任何反應。除了必要的對話之外她幾乎不和任何人交談，臉上總是面無表情，下課的時候就漠然地看著書本，她不參加學校的任何活動，也不願意擔任幹部，連老師都拿她沒轍。

我不只一次地想要和她說話，但她總是冷冷地避開我的視線。她從來就沒正眼看過我，雖然對其他人也是這種感覺，但是每次她避開我，就像是在我心裡頭劃了一刀，像是在報復我那時候那樣子對她一樣。

久而久之，除了看著她我就什麼也不做了。

我轉著手中的鉛筆，看著窗外的天空。雲緩慢地在天空中飄浮著，我用尺量著雲朵的速度，大約是十秒鐘移動一公分左右。

熾熱的陽光穿透湛藍天空，教室內逐漸變得像是烤爐一樣熱，暑假原本不就是要避免這種情況才讓學生休假的嗎？我全身冒汗，完全無法集中精神。天花板的吊扇無意義地旋轉著，講臺上的老師也換過了三次，直到度過地獄般的中午後，天空才聚集著烏雲開始飄起雨來，教室內稍微降下溫度。

直到放學時間天空還持續下著陣雨。下課鐘聲一響，季褅明就拿著書包離開教室。我看著她離去的身影，拿出書包裡預先準備好的雨傘，準備回家結束這不斷反覆度過的無聊日子。

天空比平常暗了許多，閃電在陰鬱的雲層中鳴動閃爍。我沿著平時的路線回家，雨勢在途中開始漸漸變強，轟轟地從空中落下，大到連撐傘也沒什麼用處。午後的驟雨最麻煩了。我的褲管濕了一半，鞋子則是早就全濕了，周圍的路面上激起白茫的水氣，行人紛紛走避。我果斷地走進附近的便利商店裡避雨。

店裡躲雨的人很多，我稍微逛了一下，拿了罐可樂到櫃檯結帳，遞出一張鈔票，拿回幾個零錢，然後坐在玻璃櫥窗的座位上喝起來。

雨水像是用倒的一樣將外頭變成白茫茫的一片，水花猛烈地噴彈而起。

一個穿著紅色細肩帶洋裝的金髮外國女人，手上拿著一本時裝雜誌，在我身旁的座位上坐下。

「哈囉。」那個女人的頭髮溽濕地鋪在她的肩上，她在桌上翻開雜誌，視線卻始終看向我這裡。

「我們可以聊聊嗎？」那女子問道，中文有一點外國人的腔調。

金髮女子很美，以外國人的標準來說，她看起來可以說是相當年輕。眼睛是漂亮的碧綠色，嘴唇上抹著紅潤的唇膏。洋人的白色肌膚讓她看起來簡直像是籠罩著一圈光環，身上輕薄的紅色洋裝，因為被雨水淋濕而附著在身體上，讓身體曲線展露無礙。她的身材也是無可挑剔，幾乎全店男人的目光都集中在她身上。

「嘿，你有聽見我說的話嗎？」她伸手碰了碰我的肩膀。

「聽見了，妳別再搖了！」我對她說。那女子的衣服貼在豐滿的胸部上，讓我感覺一股熱氣湧上。

那女子嘻嘻笑道：「我的名字是Monica，Monica．Sheffield。」

「茉妮卡？」

「Yes，Monica！」茉妮卡用她性感的嘴唇又念了一次。

「……妳有什麼事嗎？」我還是第一次被外國人搭訕，而且還是這麼漂亮的金髮女子，講話有點結巴起來。

「我想請你當我的保鏢，咦，是這麼說的嗎？保鏢？」她重複練習著這個詞。

我知道了，這一定是整人節目對吧。沒錯，一定是的，那種像是整人大爆笑之類的國外節目不是常有嗎?我探頭觀察其他客人的情況，卻沒發現什麼不對勁，店員的舉動也很自然，玻璃櫥窗外頭當然也沒發現什麼攝影機。

「這是最新的整人節目嗎？」我直接問她。

「整人積木？」茉妮卡一臉疑惑。「先不說那個積木，你願意當我的保鏢嗎？」茉妮卡將手肘靠在桌上，手托著腮，翻閱著桌上的雜誌。

我忍不住將目光集中到她的雄偉胸部。深紅色的單薄洋裝貼在豐滿白皙的胸部上，將乳房的線條完美地呈現出來，看起來實在是相當犯規。

我突然發現竟然無法將目光移開！

怎麼回事？

不只是眼睛，身體也完全動不了。就像是石化般完全地固定住。

「嘿，可不要老是盯著淑女的胸部看唷。」茉妮卡說完這句話之後，身體突然又可以動了。我的身體因為力量突然的釋放而猛地失去平衡。

「你看得見她嗎？」茉妮卡微笑著指向她的身後，我隨著她手指的方向看去，當然是什麼也沒有。

「妳到底在說什麼？」

「真的看不見嗎？」茉妮卡瞇細雙眼，表情相當可愛。

確實有一道淡淡的墨黑人影出現在茉妮卡的背後，我一開始沒有注意到，那抹黑霧漸漸加深，慢慢凝聚成一個黑色的人形。

漆黑的女性身影憑空從茉妮卡身後浮出來。她的頭髮猶如濃墨般垂洩到地上，在便利商店的地板上形成一個黑色圓圈，身上披著式樣相當繁複高雅的黑色罩衫，遮蓋住全身所有的皮膚，唯一露出來的是那蒼白的臉龐，眼睛被一圈黑色的布條包覆著。

那女人雖然眼睛被黑布遮住，她的視線還是從眼罩下穿透出來。

我渾身僵住，身體又變得動彈不得。

這這這到底是怎麼回事啊！魔術師？靈異事件？外星人？是替身使者？難道我進入了漫畫的世界中嗎？冷汗開始從我的額頭滑落，汗水在臉上四處爬行，皮膚傳來難受的搔癢感，瞬間的不自然固定姿態也讓身體開始發麻。痠麻沿著背脊從腰部開始向上竄升，沒幾秒鐘連大腦好像開始都不聽使喚。

「你看得見對不對。」茉妮卡再度微笑著說。

我很想大叫，卻發現喉嚨像是凍結般發不出聲，那一瞬間連肺部也無法自由進行循環，呼吸停止，一股窒息感突然揪住我的胸口，然後肺部又開始活動起來，呼吸才變得順暢，身體像是在適應這種束縛感一樣。

那個黑色的女人以相當近的距離仔細地端詳我的臉。四周的人完全沒有感覺到這詭異的氣氛，他們像是完全看不見那女人似的，有的只是偷偷注目茉妮卡的餘光。

當那個女人移開她蒼白的臉時，身體的束縛又突然被解開。我的身體失去平衡從椅子上滑落跌坐在地上，手上的可樂灑濺得四處都是，鋁罐倒在地上，剩餘的褐色飲料在瓷磚上漫開。我驚恐地望向那個女人，黑影卻早就消失。

「妳、妳……」我臉色發青，望著茉妮卡．雪菲爾。

她站起來走向我，我忍不住瘋狂地逃離這家便利商店，還差點撞上自動門。

「哎呀，看來這個刺激真的有點太大了。」

這是我逃走前聽見她說出的最後一句話。

雨比之前下得更大，我顧不得那麼多，連傘也沒撐就在街上狂奔。我氣喘吁吁地一路衝回家，將大門關上，靠著門板滑坐在地。

不顧雨勢奔跑回來的結果就是全身都被雨淋得濕透。鞋子裡積滿雨水，一踩就發出啾啾的水聲。我連雨傘都忘了拿，被雨浸濕的制服貼在身體，和著汗水發出奇怪的味道，還能夠明顯地感覺到心臟在胸口的劇烈跳動，心臟的跳動聲經過軀體傳到我的耳中，肺不停地收縮舒張，補充肌肉缺乏的氧氣。

腳還有點無力，很久沒有這樣拚命地跑過。不是上體育課的無聊跑步，而是真正感到驚駭的逃跑——

——落荒而逃。

我檢查書包裡面的課本，有好幾本書的邊角因為碰到水而變得又皺又脹，幸好沒有濕得太嚴重。我把那些書放在報紙上攤開，將身上的制服丟入洗衣機內，直接去浴室洗了個熱水澡，讓溫度沖刷掉身上的黏膩感。

暮綾姊今天應該也是工作到深夜吧。她從國外的學校畢業回國之後，就在市內某所建築事務所內工作，工作到三更半夜是常有的事。我考慮著今晚要進行什麼活動；今天是星期五，通常像這種隔天不用上課的日子，我總是玩線上遊戲到二、三點才睡。我想起那個名叫茉妮卡．雪菲爾的奇妙外國女子和她身後那一張蒼白臉孔，那時的畫面一直在腦海中揮之不去。

我決定玩遊戲忘掉這椿鳥事，遊戲世界一向是脫離現實的最佳手段之一，就連晚飯我也可以不用吃。接近午夜時我才聽見暮綾姊回來的開門聲響，而且似乎還帶了其他朋友，全都好像喝醉了似的大聲喧譁，吃吃喝喝的笑鬧聲持續了兩個鐘頭之後才總算安靜下來，然後是有人開門離開的聲音。我沒興趣去看客廳的景象，想也知道是一片狼籍，正好他們也安靜下來，於是我很乾脆地上床準備睡覺。

醒來的時候鬧鐘指著七點，儘管熬夜晚睡還是會在正確的時間醒來，這就是高中生的可悲習性。

我踏出房間，兩個女人躺在客廳的沙發上，桌子亂七八糟地堆滿零食和飲料空瓶。我走到冰箱前拿出牛奶，開始往玻璃杯裡面倒。暮綾姊正呼呼地發出細微的鼻息聲，我望向另一個也還在熟睡中的女性，她蓋著黑色的薄背心，深紅洋裝下是一雙纖長細白的腿，微捲的金色長髮蓋住她的臉龐。

該死！

倒牛奶的手開始發抖，牛奶溢出杯口，冰涼的白色液體流得滿地都是。腳趾被牛奶泡著，手上空空如也的利樂包裝紙盒也掉到地上，我踩著濕滑的地板滑了一大跤，整個人撞到流理臺上發出轟然巨響。

「吵死人了……」暮綾姊搔著頭從沙發上坐起，看起來還在宿醉的樣子。

另一個女子也醒過來，睡姿將她的金髮壓得捲曲，睡眼惺忪地看著跌坐在地上的我。

果然沒錯！

「妳妳妳……為什麼會在我家裡？」

我慌張地指著她。

她兩眼迷濛地看了看四周，然後那雙碧綠的眼睛看向我。

「嗨，我們又見面了。」她露出笑臉對我說道。

「她叫茱妮卡．雪菲爾。是我英國指導教授的親戚，要在這裡住一段時間。」暮綾姊點著香菸，叼在口中吸燃，往空中吐了一個煙圈。

「因為找不到其他地方住，所以就找來我這裡囉。」

「就是這樣。」茱妮卡微微吐舌，用俏皮的表情說。

什麼就是這樣啊啊啊！這兩個女人到底在說什麼東西啊！

「我等一下還要去工作，所以這位茉妮卡小姐就交給你啦。」她指著兩個巨大的紅色行李箱，我這輩子還沒看過這麼大的箱子，看起來就像是可以裝入整副身體，準備要殺人棄屍用的那種。

工作？今天不是星期六嗎？

「大人可是很辛苦的。」她看了地上那一灘牛奶，「你最好快點把地上那些東西處理乾淨，我出來之前要看到我的早餐。」她丟下這句話後進到房裡，留下茉妮卡和我兩個人待在客廳面面相覷。

「是……」

我用抹布清理掉那些溢出來的牛奶，然後開始做起早餐。

「需要我幫忙嗎？」茉妮卡在我身後輕聲問道。

「不用了，妳還是不要靠近我。」我嚴詞拒絕，專心在早餐上。

暮綾姊走出房間，狼吞虎嚥地吃著火腿蛋和烤吐司，梳妝過的她看起來像樣多了。她抹上淡色的唇膏，將頭髮梳理整齊後仔細地紮起來。

「怎麼樣，你這個年紀的男孩子跟年輕女生住在同一個屋簷下應該是爽翻天吧。而且還是外國女孩，沒有多少男生有這種機會呢。」她拍拍我的肩膀：「你可不要亂來哦。」

「什麼亂不亂來啊，她根本就……」我把已經到嘴邊的話硬是吞了回去。

「嗯?你有什麼問題嗎?」她扠著腰說。

「不，什麼也沒有。」

「早餐很好吃，我該去上班了。」她看看手上的腕錶，然後走到玄關碰一聲地關上門就離開了，留下我跟茉妮卡兩個人坐在餐桌前。茉妮卡一句話也沒說，只是默默地吃著我做的早餐。

我臉色一沉，火速地將眼前的食物吃完，縮回自己的房間去睡了個回籠覺，再次醒過來的時候已經接近中午。

一股微妙的香味從外頭飄進來。我離開房間走到餐桌前，桌上擺滿了一盤盤看起來粗製濫造的料理，不過聞起來味道倒是還可以。茉妮卡在「我的」圍裙上抹抹手，繼續做她的菜。

「我說妳啊，到底想幹什麼?」

「吃午餐啊，」茉妮卡開始裝盤。「準時用餐才是良好習慣。」

「我不是在說這件事。」

「那麼你是在說哪件事呢?」她將圍裙解下，整齊地折疊後掛在椅背上。

「當然是妳為什麼要住進我家啊。而且便利商店裡發生的又是怎麼一回事啊!」

她安穩地坐在椅子上對我說:「我們還是先吃完飯再來談這件事吧。」

早餐吃完就去睡回籠覺的我雖然是不怎麼餓，不過還是坐下來吃了一些。茉妮卡以奇異的速度和食量將這些還稱不上是美味的料理全吃進她的肚子。

我忐忑不安地吃完這一餐，茉妮卡倒是氣定神閒地泡起餐後紅茶。

「那個女人……到底是什麼東西？」

「你是說她嗎？」全身墨黑的蒼白女子又從她身後浮出來，我忍不住倒抽一口氣。

「不用擔心，她是我的影子。」

「影子？妳是說這個影子？」我指著腳下被日光照出來的淡淡黑影。

「沒錯，就是那個影子。」茉妮卡啜了一口紅茶，扭動一下身體將兩隻腳重新交疊。

日正當中，空調嗡嗡地運行著，茉妮卡邊喝著熱紅茶邊拉拉她的領口。家裡所有東西的陰影都只是淡淡的朦朧黑色，那個蒼白的女人看起來似乎也不若先前的鮮明，薄弱得像是幽靈一樣，存在著異常的超現實感。

而我還是沒搞懂這個女人在說什麼。

「我的影子叫做梅杜莎。」

「我才不想知道她叫什麼名字，我想知道的是她到底是什麼東西。」

茉妮卡嫣然一笑：「這該怎麼解釋才好呢？你不妨把她看成是一種超能力吧。你能感覺到她的存在，就表示你也已經『覺醒』了。梅杜莎是我的影子在現世所呈現的型態，正確地說，她是我的一部分意志，雖然她也有自己的想法就是了。」

「覺醒？」

「沒錯，你也是能夠驅使影子的人。」

「等一等，讓我思考一下。」我瞪著那個被稱作梅杜莎的影子，梅杜莎不就是希臘神話中蛇髮女妖的名字嗎？

「所以昨天那種感覺是妳的……那個影子弄的？」我有些懷疑地問。

「嗯，沒錯，那是梅杜莎的其中一項能力，這也是我為她取這個名字的主要原因。她能夠讓一個被她的目光注視著的影子或是智能生物暫時停止所有活動。」她突然滔滔不絕地介紹起來。

「其中一項？妳是說她還有其他的能力？」

「這也是我會到這個國家來找你的原因，你知道拉普拉斯惡魔嗎？」

我搖搖頭。

「拉普拉斯惡魔是一個法國數學家的假設，在他的這個假設中，有一個惡魔能夠了解這個宇宙的所有原子動向，進而掌握整個宇宙的過去、現在和未來。而這個惡魔的名字就以那個數學家為名，稱作拉普拉斯惡魔。我的梅杜莎雖然沒有那麼厲害，但是她有著類似拉普拉斯惡魔的強大演算預測能力。」她不知從哪兒掏出一枚銀幣，「將這枚銀幣向上拋，我的梅杜莎可以準確地預測落下時是正面或是反面。」

她將銀幣輕輕地彈向空中，然後在落地前宣告將會呈現出反面。

銀幣在地面上旋轉後倒下，果然呈現出反面。茉妮卡將銀幣推到我面前。

我當然是不信邪，從她手中接過銀幣反覆試了數十次，但是茉妮卡每次都能猜中。

「你或許會覺得這種程度的測試沒什麼，但是梅杜莎在股市和期貨市場上可是幫我賺了一大筆錢。只要我得到的情報量越大，梅杜莎預測的準確率就越高。」

「那她可以預測樂透彩的開獎號碼嗎？」

「隨機事件的發生是難以預測的，如果是賭博賽馬和局部地區天氣預報之類的倒是猜得滿準的。」

「是嗎……」這倒是滿實用的。

我還是很難以相信這個世界竟然會有這種事，實在很想吐槽說這根本就是漫畫裡面的設定嘛。不過現在也只能兩手一攤，畢竟她都已經真實地出現在我面前了，就算是再怎麼不相信幽靈存在的傢伙，一旦活見鬼的時候也會屈服吧。好吧好吧，我相信這個世界上真的有幽靈，請妳不要再靠近我了。大概會說出這樣的話吧。我看著梅杜莎單薄的身形在心裡暗自想著。

「所以妳的意思是我也有這種力量？」

「嗯，這也是梅杜莎引導我到這裡來的理由。你的影子應該擁有很強大的力量才對，梅杜莎確信目前我待在你的身邊是最安全的選擇。」

我看看我腳下的淡薄灰影，怎麼看都不覺得她說的是真的，茉妮卡自己顯然也有點兒懷疑。

「總之你能看見影子已經是既定事實，我是跟定你了。」她深呼吸之後，嘿嘿地笑了兩聲。「反正現在也還沒有什麼危險，就讓我暫時悠閒一段時間吧。」

我望向她那兩大箱行李箱，思考著她到底是怎麼搬著這兩箱東西來到這個島國。我對正在思考這種事情的我感到絕望，不過這種事應該怎麼樣都無所謂，就算是梅杜莎從最底層爬著樓梯，一步一腳印地扛上來的，我也不覺得驚訝。

「為了預防萬一，我有很多事情得事先向你說明，關於影子的各項基礎知識是你必須了解的，我不明白的地方也還很多，所以也只能大概描述。」

她重新泡了紅茶之後才又繼續開口。

「首先，在我遇見你之前，你的能力就已經覺醒了。」

「妳一直說覺醒覺醒的，那到底是什麼意思呢？」我發問。

「簡單地說，影子使者在覺醒前後，會逐漸意識到自己的能力。」

「那我怎麼一點感覺都沒有？」

「我也不知道，我本來想請梅杜莎進行『計算』，不過……」茉妮卡搖搖頭：「梅杜莎唯一確信的就是在我們相遇之前你就已經覺醒了，你難道完全沒有感覺嗎？」茉妮卡用手指梳理她閃耀著金黃潤澤光輝的頭髮。

我搖搖頭。

「正常來說，覺醒者最基礎的能力就是能夠看見其他人的影子，接下來會開始意識到自己的能力發展，其中也有只能夠單純地看到或感受到影子存在而沒有其他能力的人。但是感覺你又不像是這樣。」

「那我到底是怎樣？」

「唔……」

「…………」

「我哪知道？」

「…………」

「梅杜莎算不出來，我也沒辦法啊。」

「真是沒用哎。」

「少囉唆啦！人總是有作得到的事情和作不到的事情嘛。」

「梅杜莎應該不是人吧……」

我們有一搭沒一搭地聊到下午，她的話實在很多，我忍不住懷疑她是在趁機練習中文。夕陽把影子拉成細瘦的長條狀，在木地板上薄薄地拉開。在茉妮卡談論著那些事情的時候，梅杜莎四處游移巡視家中的各個角落，好奇地東摸西碰，隨著太陽落下，她的身形也越來越清晰，從淡淡的灰色慢慢轉變成濃郁的墨黑色。

我們在暮綾姊回來之前一起準備好了晚餐。

飯後我打算去附近的便利商店買些東西，茉妮卡也要求要跟著去。

樣子。

「我也要一起去。」她高舉著雙手，神情愉悅地說出這句話時，我就知道絕對沒辦法阻止她了，畢竟她都坐著飛機繞過大半個地球追來，更何況是區區的便利商店。

「當作是帶她去認識環境嘛，順便幫我買罐啤酒回來。」暮綾姊倒是一副事不關己的樣子。

我們走到最近的便利商店，買了半打啤酒和一些零食。

「這裡的便利商店賣的東西真的好多啊。」茱妮卡看著被高瓦數日光燈照得閃閃發亮的貨架，發表她的心得感言。「而且到處都是，密度真高呢。」

最近的便利商店的確是越來越多東西了，有些東西我都不知道為什麼會有人想到要在便利商店裡賣。後來我想一想，其實便利商店賣的也就是方便而已。

我從貨架上拿了幾包零食，再到冰箱拿了一手啤酒和冷凍食品，提著一大籃東西走到櫃檯結帳。那個工讀生很明顯心不在焉地一直偷瞄著在我身後，像個好奇寶寶四處東張西望、擁有惹火身材的金髮外國美女茱妮卡，結帳的速度慢得要命搞得我開始火大起來。

「需要袋子嗎？」

「……最大的。」

我不爽地搶過他手中的商品一股腦全丟進大袋子裡，拉著茱妮卡快速離開。

月光突破晦闇的浮雲照耀著，那異常明亮的光線自頭頂灑下。茱妮卡開心地看著塑膠袋內裝的零食，一面哼著奇特的民族風樂曲。

夏夜溫涼的風吹起，飛蟲圍繞著路燈，翅影卻在地面上飄蕩閃爍。我們提著一大袋東西，正準備轉過這個路口。

一道深沉的影子從黑暗的角落裡出現，堵住我們的去路。

ch2.

越獄與執念

內華達州立監獄內，銬著鐐銬的史賓森．麥爾走在通往「黑房」的路上，兩名獄警一前一後盯著他前進，他腳上的拖鞋隨著腳步劈啪作響，伴隨著鎖鏈磨著地板的聲音，聽起來相當令人不快。

他抬起頭，瞇著眼睛，看向懸在高窗外頭的刺目陽光。

領頭的獄警名叫克魯茲，在監獄中算是個年輕的小伙子，史賓森望著他的後腦杓，發現上頭有幾個圓形禿的痕跡，雖然他仔細地用頭髮蓋住還是隱約可以看見頭皮的顏色，彷彿濃霧遠方的燈影一樣。

他在心底搖搖頭，這樣可不行吶，克魯茲老弟。年紀輕輕的就這個樣子怎麼行呢？

後頭高大的黑人獄警是個長相嚴肅的光頭佬，粗大的警棍在他的腰間晃來晃去，帶著警戒意味的視線從他身後不斷射來。

走道因為外頭陽光的減弱而變得陰暗起來，獄警們打開其中一間黑房的門，把他趕進房間裡。

關上門之後，他陷入一片黑暗。身後傳來鑰匙串晃動的金屬碰撞聲，接著是上鎖的喀嚓聲。史賓森極度厭惡這個聲音。

門上的小開口被掀開，他將手銬向外伸，獄警解開了他的手銬，然後又啪嗒關上。

他轉過身，將背靠在金屬門上。他闔上眼睛，放鬆身子讓眼睛習慣黑暗，金屬門的冰冷觸感透過衣服鑽入皮膚，直到身後開始變得溫熱才睜開眼睛。

水泥平臺的輪廓在黑暗中隱隱若現，角落的便斗傳來一股刺鼻的濃烈尿騷味。他在黑暗中摸索著，在平臺坐下。

他彎曲身體，盡其所能地扭轉肌肉，原本健壯優美的體格變得比入獄前消瘦，肌肉因為長久沒有特地運動鍛鍊已經消去許多，取而代之的是皮膚下所長出的薄薄一層贅肉。這就是獄中的囚犯生活唯一帶給他的東西——消磨殆盡的精神與身體。

史賓森回憶起三年前入獄的原因。

那晚他從雷的酒吧裡出來，喝得爛醉的他站在門口附近，希望外頭的涼風能讓他清醒一些，然後他走路回家。現在他後悔死了這麼做。

他在某條街上被幾個癟三擋住去路，他們大概是想勒索或是搶劫之類的，總之他把他們全送進了醫院，其中一個還進了墳墓，上了天國。如果真有天國的話，希望他沒有錯手將他給送進地獄去。他糊裡糊塗地回到家，隔天下午，幾個警察來拜訪他，接著他被以二級謀殺罪嫌起訴，很快地就被定了罪、入了獄。從頭到尾他都搞不太清楚是怎麼回事。

這正是最糟糕的地方，他什麼都忘了。

他被判了十年的徒刑。

如果有個好律師的話或許他能夠被判處比較低的刑期，但史賓森並不是很在乎這件事，他只知道等到他出獄，一定要把另外那兩個沒打死的傢伙送進地獄。

幾天沒刮的鬍子像雜草般長滿整個鬢角和下顎，他用手指不斷地摩挲，享受著這種刺刺的觸感，剛入獄的幾天，他幾乎整天都將手黏在頭上不斷地摸。

這已經不知道是他第幾次被罰關進黑房，監獄裡的白痴比他想像得更多，總是會有幾個白痴自動來招惹他，簡直像盛夏的蒼蠅一樣揮之不去。而他只不過是揮揮手拍了拍他們，就又得回到這間又臭又窄又暗的黑房。

昨天他順手教訓了幾個不知好歹、跑來招惹他的笨蛋，他絲毫沒有手下留情，仔細地揍了他們一頓。

這樣也好，雖然無聊了點，至少沒有任何人會在這黑房中煩他。唯一可惜的，就是他借的書又看不完了。

史賓森曾經是美軍的陸戰隊員，退役之後在內華達州的某間賭場擔任保鏢，偶爾也幹一些檯面下的工作賺些外快。

以他的身材來說，實在很難讓人想像到他的強壯。因為身高的關係，穿上衣服之後很少人會感受到他鍛鍊出來的結實肌肉，平常人一眼看上去，對他的印象只覺得是個普通的高個兒罷了。

也因此才時常會有人靠近他。

沒見過世面的混混、自以為了不起的黑道分子、看他不順眼的納粹白痴，還有那些操他媽老是覬覦別人屁眼的該死變態們。

他躺在粗糙的水泥平臺上小睡了一會，過了很久獄警才把他的晚餐送來，一塊麵包和

影子戰爭

一碗涼掉的蘑菇濃湯從送餐的隙縫裡被推進來。

摸黑吃完之後他就立刻倒頭就睡，如果得在這種地方待上兩個星期，不管是誰都只能呼呼大睡。

唯一的困擾就是，他總覺得有些毛茸茸的東西在他的身上動來動去。這種困擾從幾個月前被關進黑房時就經常出現，一開始他還懷疑是不是有老鼠，但是這鬼地方連老鼠都不願意來，只好把那當成自己的幻覺。

在這暗無天日伸手不見五指的地方度過一個多星期之後，史賓森開始感覺到有些異常。

一股奇怪的動物體味總是在他四周飄散，尤其是在他睡醒之後氣味最是明顯，睡夢中時常夢見幾隻模糊的野獸身形，甚至是聽見幽幽的嗥叫，追殺獵物的腳步聲始終在他的腦海裡縈繞，也依然有毛茸茸的東西在他閉上眼睛之後在他身邊磨來磨去。

他簡直要瘋了。

好幾次史賓森向獄警抗議，而那些狗屎看他的眼神像是在看一個神經病。

算了，反正只要再忍個幾天就可以離開這個鬼地方。史賓森心想。

他凝視著送食口邊緣透進來的一絲白光，如果他記得沒錯，他已經吃了三十四或三十五餐，再過三天就可以到外頭了。

似乎有什麼東西正在舔舐著他的手指，黑暗的邊界處有好幾對如血液般深紅的眼睛正盯著他看，不是人類，而是野獸的眼睛，他聽見牠們的鼻息、牠們甩尾擺盪，爪子與地面刮磨的聲音。

牠們悄然而至，在黑暗中瞬間包圍史賓森，野獸特有的濃烈氣味瀰漫在狹小的黑房裡；史賓森覺得自己好像陷入一種奇妙的情緒之中，看到這些動物圍擁過來也絲毫不覺得恐懼。牠們的體態看起來像是某種大型犬，不過無論如何都比他對狗的原有印象差太多了，史賓森覺得牠們應該是狼，雖然他從沒見過真正的狼，只在電視節目上看過幾次，但他就是這麼覺得。

狼群溫順地用長長的舌頭舔著他的身體，覆蓋著厚重而粗糙的硬毛皮的身體靠著他，像是示好般摩擦著身體，溫暖而潮濕的鼻尖撥弄著他的頸後和耳朵。狹窄的黑房變得像是新生的黑暗草原，向四周無盡地蔓延，狼的數量已經完全數不清了。

這絕對不是幻覺，史賓森知道這些像是狼的東西並不是他的想像。他伸手去撫摸牠們的身體，那是確實地存在於這個世界上的東西，硬毛扎刺著手心，生物體的自然顫動和溫熱感傳遞過來，自己的倒影映在紅寶石般的澄澈眼睛上。

想離開這個地方嗎？如砂紙摩擦般的聲音出現在他的心底，與其說是人的聲音，不如說是野獸的低吼。一個莫大的狼頭從他腳下的黑影中浮現。

狼首沿著他的下肢滑行，攀上他的軀幹來到肩上，露出白森森的獠牙。

「我來助你一臂之力吧。」那狼首對他說道。

「……你是什麼東西？」

狼首發出怪異的低笑聲，過剩的唾液濡濕了他的肩膀。

「從某方面來說，我就是你。我是你的另一種型態，你的分身，你的影子。而牠們全都為我效命。」牠空洞的眼睛瞪著史賓森，「只要你一聲令下，我們可以為你做任何事。」

「是嗎？」史賓森完全沒有任何猶豫。「那就開始吧。」

狼首黑而空洞的眼睛，綻射精光。

克魯茲莫名地惱怒起來，自從那名叫史賓森的犯人被送入黑房，每當他值班的時候總會聽見奇怪的嚎叫聲，睡覺的時候總是作奇怪的惡夢，甚至聞到狗的臭味，他最討厭的味道就是狗身上的那種異味。

現在關著史賓森的黑房正發出異樣的撞擊聲，史賓森似乎正用他的身體撞著鐵門不斷傳出重擊聲。那聲音像是榔頭在敲著他的腦袋，他已經沒辦法再繼續忍受下去了。

明明再過幾天他就可以出來了，為什麼現在要搞出這種噪音？

克魯茲火大地看向那因為撞擊而頻頻震動的二〇二囚房，緊握住腰間的警棍，準備好好教訓一下那個吵死人的傢伙。

他那正在看報紙的黑人同事瞄了他一眼，並沒有阻止他。

他走到囚房前，用警棍匡噹敲打鐵門，並且要史賓森別再發出那些噪音，但是史賓森顯然並不把他當成一回事。

克魯茲要他的同事打開房門開關，好讓他發洩一下近日積累的怒火。

門鎖喀嚓一聲解開，他拉開房門，卻看不見史賓森的身影。

史賓森的身影消失了，不，與其說是身影消失了，不如說是外頭的光完全照不進這間二〇二號囚房，裡頭的黑暗像是動物般蠕動，然後他感到喉嚨被某種尖銳的東西給扯開，溫熱的血液噴濺到自己的身上。

倒下之時，他看見陰影像潮水般從二〇二號囚房湧出，他聽見同事的尖叫聲響徹耳際，然後眼前陷入一片昏黑。

史賓森踏出黑房，腳邊漫出一大灘血液，克魯茲表情茫然地倒在一旁，喉嚨缺了一大塊肉，鮮血仍然汩汩流出。另一具屍體倒在出口處。

漆黑的狼群在狹窄的走廊上徘徊，月光從高窗傾洩而下，史賓森彷彿置身於草原之上，血液的腥味和狼的味道充斥整個走廊，從鼻腔鑽進肺臟。

他撿起獄警的通行卡，打開通往監舍的道路。

群狼傾巢而出，越來越多的影狼從黑房裡竄出，牠們魚貫而行，變成紀律嚴謹的殺戮機器，攻擊所有值勤的獄警。史賓森感受到獠牙撕裂人體的滋味，感受到血液對狼群的誘惑，他可以聽見慌亂的腳步聲和驚叫聲，看見地上的緋紅血華，狼的足蹄踏過黏稠的地面，血腥味不斷地刺激著鼻腔，彷彿誘發著他體內的野獸。

狼群成為他的眼、他的四肢，他的身軀已然與狼群成為一體。

外頭傳來槍響，然後是慘叫、慘叫、慘叫。

獄警的負面情感被狼群狂喜地吞噬，恐懼、驚慌、戰慄、絕望，各種情感湧進他的腦中，他不知道這是影狼們帶給他的，還是他自己所感受到的。他走進淋浴間，沖了個痛快的熱水澡，蒸氣翻湧，熱水沖去他身上累積了十幾天的汙垢，讓他宛若新生。

狼叼來一串二十五支鑰匙，是解開腳鐐用的。他試到第五把才解開腳上的束縛，然後在倉庫的儲物櫃裡找到了一套便宜的西裝，大概是某人入獄時留下來的衣服。他穿上那套稍嫌短小的西裝，穿上一雙運動鞋，想起他那幾本還沒看完的書。

他在幾具屍體的錢包裡找到了幾百塊。

監舍裡的囚犯們大肆鼓譟，敲打著關住他們的鐵柵，幾乎所有人都陷入一陣莫名的恐慌之中。史賓森不理會他們，走到自己的囚房才想起，他必須得先到中控室打開閘門才行。

「嘿！」他隔壁囚房的犯人坐在床板上，抽著從其他人那裡交易來的香菸。火光在黑暗中明明滅滅。

「那些狼，是你搞的鬼吧。」那人呼出一口煙。「你能夠操弄影子。」

他停下腳步，想聽聽那些人還能說些什麼他不知道的事。

「你是什麼人？」

「你的獄友啊兄弟。」他離開床沿，湊過來對史賓森說：「如何，要不要幫我一把，帶我離開這個鬼地方。」

「為什麼你會待在這裡？」

「因為這個東西。」他伸出手，三個黑色膠囊安穩地躺在他的手心。「實不相瞞，這些東西是我的影子。跟你那些狗狗比起來真是差多了對嗎。」

史賓森拿起其中一顆，咕嚕一聲吞下肚。

強效的興奮劑。

「好東西，不過這能夠定你的罪嗎？」

那男人擺擺手，「當然是不行囉，那些該死的警察栽贓陷害我。」

這樣能算是陷害嗎？

「你叫什麼名字？」

「科靈，科靈．威爾斯。」科靈對他擠了擠眉。「逃獄的話你應該也需要錢吧！只要你肯帶我出去，賣藥的錢我可以分給你一半！」

史賓森踏向中控室，不理會沿途上那些對他苦苦哀求的囚犯。中控室裡躺了兩具屍體，他在他們的錢包裡又找到幾張鈔票並且取走他們腰間的手槍，然後他打開自己和科靈的牢門開關。

掉落在地上的通訊話筒正發出喧鬧的說話聲，他拾起話筒，對面傳來非常不耐煩的聲音。

「喂喂——你們那邊到底是發生什麼事情了？」

「發生了點意外，現在沒事了。」史賓森說。

對面的人沉默了一下，然後有些懷疑地說：「請報出您的姓名和職務編碼。」

史賓森冷靜地扯下屍體上的證件，唸出上面的姓名和一長串數字號碼。

「現在我們這裡有點忙，請容我先結束通話。」史賓森不等對方回應就直接切斷通話，他看了一眼手上的證件，然後將證件塞進口袋裡。

他將手槍用皮帶固定好，走回自己的囚房，拿到他還沒讀完的書，普魯斯特的《追憶似水年華》第六卷。

科靈將菸蒂準確地彈進馬桶。

監視塔上的獄警屍體漸漸變涼，他們從側門離開監舍。

自由的新鮮空氣呼吸起來格外舒暢，皎潔的滿月光輝灑滿地面，月光和科靈的藥讓他的身體充滿力量。

他們乘上一輛嶄新的豐田汽車，史賓森將鑰匙插入鑰匙孔，扭轉發動引擎。

「離開這裡之後你想幹嘛？」他的獄友問道。

史賓森摸摸他下巴的鬍髭，「我想先去找幾個該死的東西，送他們下他媽的地獄。」然後還要刮鬍子。

他們離開監獄，轉上荒涼的洲際公路。璀璨的月華之光灑在沙漠之上，將整片大地照映成亮麗的銀色。乾燥的風吹拂著。史賓森看著那巨大無比的月，點燃車上的香菸，與科靈一人一根抽了起來。科靈．威爾斯扭開車上的收音機，跟著廣播裡的搖滾樂五音不全地高歌。

他看見一個人形單影隻地走在遠方的公路彼端，在月光下踽踽獨行。那人身上穿著黑色的風衣，背著簡單的行囊，轉頭發現史賓森的接近。那個男人站在原地盯著車子駛近，在車燈打在他身上的時候朝著他們揚起了大拇指。

豐田汽車挾著滾滾煙塵駛過他身邊，然後又停了下來。

「喂喂，你該不會想讓那個白痴搭便車吧？」科靈看著後照鏡，那人正緩慢地向車子走來。

「有何不可？」

科靈聳聳肩。

那男人拉開車門，微笑著坐進後座。

他穿著厚重的灰色風衣，身上彷彿沒有一絲色彩，就連月光也被他的身體吸去似的，唯有胸前的銀色綴飾閃閃發光。頭髮被風吹得亂捲，蒼白的臉上佈滿沙塵，兩眼看起來有如亡者般令人不寒而慄。

「遇上你們真是太好了，」那男人抽動嘴角，僵硬地笑著說；「我正在煩惱不知道要花多久時間才能走出這片荒漠呢。」

「閣下怎麼稱呼？」史賓森將香菸吸盡。

「叫我 Dracula 吧。」

「吸血鬼啊……」他踩下油門，車子繼續在綿延的公路上奔馳。

「你們兩個都是影子使者。」

他從後照鏡內看著那人的臉，既蒼白又模糊的臉孔。他朝著旁邊望去，看見科靈一臉莫名。

「你說什麼影子使者？」他問道。

「那是世人對我們的稱呼，同時亦為我們的自稱。」

「我們？所以說你也是影子使者？」

「是的。」

科靈哼了一聲。

「你是剛覺醒的……應該才幾天而已吧？另外一位先生則有一段時間了。能否請教兩位的名字呢？」那人用字遣詞還算有禮，但是語氣中卻讓他覺得有些嘲諷。

「史賓森．麥爾。」

「……我叫科靈．威爾斯。」

那人身上的塵土味道讓史賓森忍不住扭了扭鼻子。

「你們兩位，怎麼會大半夜了還在趕路呢？」

「問這話的應該是我們才對吧？」科靈反問。

「說的也是呢。你們兩位該不會是剛逃獄出來的吧？」

史賓森猛力踩下煞車，轉過頭去瞪著那人，科靈深深呼吸。

「因為，這臺車裡的血腥味實在是太重了。」自稱德古拉的男人露出森白的牙，似笑非笑地望向車窗外。「你們到底殺了多少人才逃出來的？二十人？三十人？」

「大概是整個監獄的警備人員吧。」史賓森回答。

「太厲害了。」德古拉開心地拍拍手。「如何呢，要不要和我合作？」

「合作？」

那男人將他的理想說出，然後對他們微笑。

他和科靈互望一眼。

「你瘋了。」

「或許吧。」

史賓森看見他眼中流露出的狂氣，頓時明白這個人並非在開玩笑。

「可以告訴我你們的能力嗎？這樣合作起來也比較方便嘛。」

「何不先說你的？」科靈也開始對這個人感到好奇。

「我啊……就只是殺不死而已。」

「殺不死？你是說像吸血鬼那樣？」

「不，作為妖怪，吸血鬼還是會死的，像是照到日光，用木樁刺穿心臟。而我是不死的。」那男人說話的語調至今仍然令史賓森不寒而慄。無論如何他都本能地不想與他為敵。他感到體內的狼群們騷動，幾乎就要穿透他的身體湧出來，就連那狼首也感到恐懼。那是生物本能的、基因上的恐懼。

「來吧，接下來換你們兩位了。」

「……我可以喚出狼群。」

「我是這玩意兒。」科靈丟出一顆藥丸，那人輕鬆地伸手接住。

「是藥嗎？」那男人露出有些意外的表情。「這藥有什麼效果？」

「從毒品到抗生素我都能做出來，詳細的情形我也不懂啦。總之不管是什麼藥我都能做出一模一樣的東西。」科靈似乎沒有和自己一樣感到這人的可怕，沒好氣地說道。

看著手上的藥丸，他眼底流轉著異色的光輝。

「你想不想做出更有威力的東西。」他對著科靈說。

「更有威力的東西？」

「我來教你你做出這個世界上從來沒有過的藥，唯一的條件就是你們要幫我達成我的願望。」

「什麼啊……你這傢伙還在異想天開嗎？」

他握住右手的藥丸，然後緩緩張開左手掌心。一顆同樣的藥出現在他的手中。

「雖然我可以做出這種複製品，但是你的力量不同。只要好好訓練，你可以做出任何東西，你的藥可以讓人類改變，整個世界都會因為你的力量改變。」

「你說整個世界……」

他們最終是被那個以吸血鬼之名自居的男人說服了。

ch3.

野獸與宵影

那道黑影從陰暗處走出，身高只比我略矮一些，身體的曲線像是女孩子般圓潤纖細，全身墨黑沉於夜色之中，臉上有著兩道妖異的白色瞳狀圖騰。

惟獨右臂異常地巨大。

肌肉糾結隆起，有如雄性招潮蟹般的懸殊比例，指尖看起來鋒利無比。純白的「眼睛」像是活物般眨了眨，視線向我們的方向望了過來。

「是妳認識的人嗎？」我呆了半晌，對茉妮卡問道。

她傻愣愣地搖頭回應。

黑影舉起右臂，殺氣騰騰地朝我們衝過來。

「等、等等等等等……」我舉起雙手擋在眼前。那隻黑色的巨右爪在我的面前五公分左右靜止下來。

梅杜莎的黑色眼罩被揭下，兩眼散著幽幽的紅光。

黑影靜止。

茉妮卡拉著我的手，朝家的方向逃走。回過神之後我才用全力開始奔跑，甚至比先前逃離茉妮卡的速度還要快，一瞬間立場就反了過來，變成我在拉著茉妮卡跑。

「梅杜莎、一個人、對付、沒問題嗎？」我一面奔跑，一面問茉妮卡。

「當然、有、問題。」茉妮卡面無血色，「梅杜莎離開、我、二十公尺、左右就、會自行消失。」

「不、不會吧。」

「我們、還是、跑快一點。」

解除束縛的黑影發出刺耳的尖嘯聲，以驚人的運動能力躍至我們面前，再次阻擋住我們。我氣喘吁吁，背上爬滿汗水，前額的頭髮因為汗水而沾黏在上面。

茉妮卡重新招出梅杜莎，試著再次阻止黑影的行動。

這次卻沒那麼順利。

黑影的動作雖然變得僵硬緩慢，但還是一步步朝著我們走來。我跟茉妮卡互相望了一眼，慢慢地向後退。

「這、是怎麼回事？」我調整呼吸，緊張地問道：「梅杜莎不是可以阻止影子的行動嗎？」

「是這樣沒錯，但是梅杜莎一次只能限制住一個目標……」茉妮卡吞了吞口水，「他應該是附身型的使者。」

影子繼續緩步向我們靠近，巨大的右臂像兇器般舉起，然後由上往下猛地抓過來，我勉強避開，茉妮卡則是嚇得貼到路旁的圍牆上。

柏油路的瀝青被巨爪砸出一個凹陷的缺口，空中瀰漫著塵土，其中幾塊碎裂的瀝青彈上我的腿。黑影緩緩舉起他的右臂，看起來是要繼續對我們發動攻擊，但那黑色的兇器顫抖著，彷彿被千斤的重物壓制住，身體像是機械般僵硬。

看來梅杜莎的能力還是有效的。

我再度拉著臉色蒼白的茱妮卡開始逃，連那一大袋零食都忘記放掉，就這樣拎著一個女人和一包食物滑稽地落荒而逃。

「不能逃。」茱妮卡阻止我，「離開我的能力範圍的話梅杜莎又會消失的，到時候又會被他追擊啊。」

那妳倒是說說該怎麼辦啊！

我停下腳步，轉頭面對黑影擺出自以為是的武術架式。

「哦哦，中國功夫！」茱妮卡鼓掌叫好。

「別說傻話，難道梅杜莎沒有其他的能力對付他了嗎？」

茱妮卡搖搖頭，「不過梅杜莎的計算是不會錯的！大概！」

「妳不是開玩笑吧……」我全身發抖。

那黑影已經轉過身，朝著我們走來。

槍響從夜幕中響起，黑影腳邊的柏油地面被打出一個彈孔，我抬頭仰望，一道身影站在公寓建築的頂層，那人手中握著一把手槍，居高臨下；因為太暗又距離太遠，完全看不清楚槍手的容貌。

手槍連續射出五發子彈，其中三發打在那黑影身上，兩發擊中梅杜莎，梅杜莎受到攻擊後瞬間潛藏回陰影之中，茱妮卡卻朝著我暈倒過來。

只聽見手槍裝彈的聲音。

擁有巨大右臂的黑影恢復了行動的能力，卻身中三槍，看起來似乎受到不小的傷害，他向後跳開，身影消失在黑幕中。

我抬頭仰望，公寓頂樓的人影也已經消失無蹤。

剩下失去意識的茉妮卡全身無力地靠在我身上。遠處街角的路燈依舊閃爍著，我擔心那詭異的黑影會不會又從哪裡冒出來襲擊我們。

更重要的問題是，為什麼女孩子的身體會這麼軟啊！

我注意著不要碰到茉妮卡的雄偉胸部，努力地將她撐起，為了調整好姿勢，不得已只能抱住她的腰，扶著她全速邁步逃回家。

幸好茉妮卡的體重比我想的輕多了。

我扛著暈厥的茉妮卡和零食回到自家公寓，費了九牛二虎之力才進到電梯裡，幸運的是竟然沒遇到其他鄰居，不然我可是跳進黃河也洗不清。這一切實在是糟透了。

我用發顫的手指勉強按了門鈴，等著暮綾姊來給我開門。

「怎麼啦，忘了帶鑰……」暮綾咬著冰棒，看著滿身大汗的我和暈倒的茉妮卡，意味深長地眯起眼睛，露出奇妙的微笑。

「嗯，現在的年輕人真是大膽呢。」

這完全是誤會。

她接過我手裡的袋子，拿出啤酒自顧自喝起來。

「先把她放到客房吧。」她指了指公寓最裡面的方向，看起來完全沒有想幫忙的意思。

等到我好不容易將茉妮卡安置好，她又指了指客廳角落的兩大箱行李。

那些重得要命的行李箱到底是怎麼扛過來的啊？我無可奈何，將行李箱拖進客房，茉妮卡竟然已經發出鼾聲，躺在床上呼呼大睡。

虧我還在擔心她呢，竟然睡得這麼安穩！我看著她熟睡的側臉，忍不住暗想。看著她身上單薄的衣物，我從櫃子裡取出涼被，幫茉妮卡蓋上。

回到客廳，暮綾姊一個人側躺著占據了整張三人座，我只好在旁邊的單人沙發上坐下來。電視上的新聞報導正如火如荼地放送著近來的連續殺人事件。

她喝了一口啤酒，問道：「你們兩個人到底發生什麼事了？」

這還真是一言難盡。

我猶豫著是否應該和盤托出，但她卻又開口：「如果不方便說的話就算了，只要別搞出什麼收拾不了的事就好。」

「唉，我可以喝一瓶嗎？」

「不行。」暮綾姊喝乾她手裡的啤酒。

「為什麼，平常不是都可以的嗎？」

「因為你未成年。」

之前明明還常常灌我酒的人，現在竟然說這種話。

直到隔天早上茉妮卡才一臉呆滯地醒來。

她照常吃了一大堆東西，精神看起來也不錯，雖然時常莫名奇妙地發起呆來，但是大致上還算正常。

「那時候妳是怎麼了？」我抓住暮綾姊回到房間更衣的機會問她。

「嗯，應該是梅杜莎受到太嚴重的傷害，讓我失去了意識，我也搞不太清楚，那時只是眼前一陣暈眩，然後就失去知覺了。」

「梅杜莎受傷，妳也會受到這麼嚴重的影響？」

「不一定，這種情況也不是每個人都會發生，跟影子的精神連結越強烈的人會越容易受到影響。」茉妮卡想了想，「是說，昨晚到底是發生了什麼事？我完全沒有被攻擊的印象啊，那時候梅杜莎明明將他束縛住了，我只記得好像有槍響。」

「有人從旁邊大樓的頂樓開槍，擊退了那個攻擊我們的怪物。」

茉妮卡臉色刷白，「不會吧，那個人沒有攻擊你嗎？我的行蹤該不會已經敗露了吧。」

「他完全沒有現身，黑影逃走之後那個人也不見了。」

「是嗎？」茉妮卡眨動她那草原般碧綠的眼睛。

「等等，妳說的行蹤敗露又是怎麼回事。」

「啊哈哈哈，沒什麼啦……」她露出一副說溜嘴了的表情。「算了，告訴你也無所謂，之前我已經向你解釋過梅杜莎的能力了吧。」

「什麼拉不拉屎的惡魔？」

「拉普拉斯、是拉普拉斯惡魔。請不要在淑女的面前講那種東西好嗎？」她鄙夷地看了我一眼。「有很多人正覬覦著梅杜莎的預測能力，我有一半是為了躲避那些人的追蹤才來到這裡找你的，可是卻到現在還不知道你的能力到底是什麼。」茉妮卡無奈地嘆了口氣。想嘆氣的人應該是我才對吧，也請妳不要用那種眼神看我好嗎。

「我記住了，是拉普拉斯惡魔。」

茉妮卡稱許地點點頭。

「所以妳的意思是，隨時都會有人跑來抓妳。」

「也可以這麼說，不過那個右手特別巨大的影子使者我就不知道是怎麼一回事了。」

「什麼意思？」

「很明顯不是嗎？那個影子的目標根本不是我啊。他的攻擊完全是衝著你來的唷。」

這麼一想，茉妮卡說的的確是沒錯。

那黑影的攻擊完全是針對我，如果不是梅杜莎的能力，恐怕我早就已經死了也說不定。我的腦海中浮現出黑影的巨爪鑿破地面的那一擊，那時的震撼還深深地刻印在我心底。一陣毛骨悚然。

「沒錯吧。根據梅杜莎的計算，那個使者是女性，而且是你認識的女性。」

「我認識的？」

「很可惜情報不足，梅杜莎沒辦法做出更精確的推算。」

真的是一點用都沒有。

「你們兩個感情還不錯嘛。」暮綾姊穿著正式的套裝從房間裡走出來，她一口咬過手中的髮圈，仔細地將長髮束成馬尾後再用髮圈固定。

「我要出門一趟，過兩天才回來，麻煩你把茉妮卡照顧好，別再讓人家昏倒了噢。對了，昨天妳是怎麼啦？」她對著茉妮卡問道。

「我、呃，應該是中暑吧！」茉妮卡一臉心虛地說，未免也太不會說謊了。

「昨天有這麼熱嗎？可能是妳還不太習慣亞熱帶氣候吧，要好好照顧自己的身體呀。」

「好的……」

「你，不要趁著人家中暑就給我亂來噢。」她指著我的臉說。

「請妳不要把自己的侄子當成那種人好嗎……」

暮綾姊嘿嘿嘿地笑著離開之後，我思考著要如何度過這個微妙的週末，大概又是要玩遊戲耗掉這一天了。

茉妮卡開始專注地看著電影臺，配著昨晚買回來的零食，全心全力地將精神投注其上。

叩叩——

門口傳來敲門聲，手指關節與門板的敲擊；不是樓下大廳的對講機，也不是門口的門鈴聲。真奇怪，我走到玄關，正準備從門眼瞧瞧是誰，茱妮卡也被這特異的敲門聲引來，站在我身後問道。

「是誰？」

「還沒開門我怎麼會知道呢？」

門外的人又叩了兩下，聲響像是帶著某種力量般，傳遞著他的意志。開門。

那聲響似乎如此說著。

我吞了吞口水，從門眼看出去。

門外的男人那張被魚眼歪曲的臉正微笑著。

他又叩了門。

我解開門鍊推開門，那男人見到我之後，屈身朝我微笑。

男人身材挺拔，穿著整齊的襯衫和西裝褲以及貼身的背心，打著細繩領結，皮鞋擦得晶亮，明明是夏天卻戴著白手套。

他有著一雙明亮乾淨的眼睛，戴著金絲細框眼鏡，鏡片像是不存在般透明。牙齒猶如電視明星般潔白整齊，嘴唇是漂亮的粉紅。皮膚雖然稱不上白，卻像女孩子般光滑細緻，長著細細的胎毛，略長的瀏海輕薄地蓋住他的額頭。

從來沒親眼看過這麼美的男人。

他脫下右手的手套，跟我握了握手，然後將手套摺疊好，塞進口袋中。

為什麼不脫下左手的手套呢？

「你應該就是王守人了。」他對著我笑了笑，然後朝茱妮卡望去，茱妮卡連動都不動，表情僵硬。「我是『宵影』派來與你交涉的，我叫趙玄罌。」

他從容地走進玄關，牽起茱妮卡的手。「久仰了，雪菲爾小姐。」然後親吻了茱妮卡的手。

茱妮卡滿臉錯愕地望著他的舉動。

「你們不是說過不會再來找我了嗎？」茱妮卡問。

「是的，宵影絕對遵守紀律，」趙玄罌轉過身來看著我說：「這次我是來找守人先生的。」

「找我？」

「是的，我們想邀請你加入宵影。」他露齒而笑，簡直像個小孩子一樣。「我們不妨坐下來談？」

「不行，絕對不行！」茱妮卡驚叫，「你不可以加入他們。」

「別這麼說嘛，雪菲爾小姐。」趙玄罌兩手一擺，「我們還是坐下來慢慢談，就算最後選擇不加入，與我們打好關係也不吃虧不是嗎？」說著他就非常自動地走到長沙發前坐下。這裡到底是你家還是我家？

我無奈地在他旁邊的座位坐下來，茉妮卡滿臉狐疑地瞪著這個男人。

趙玄罌優雅地將眼鏡從臉上拿下，抽出胸前口袋中的絲質手巾包裹著，然後將眼鏡放置到桌上。他手肘靠著膝蓋，將雙手手指交握，臉上的表情像是變了個人似的。

那種感覺就像是梅杜莎第一次出現時的氣氛。茉妮卡臉色一沉，梅杜莎立刻從陰影中浮現，不過她的身形卻比夜晚淡了許多。

「別那麼緊張，雪菲爾小姐。我已經說過了，這次來拜訪的原因完全與妳無關。既然妳已經拒絕過我們一次，我們就不會冒險讓妳加入，即使妳擁有拉普拉斯這種強大的能力也一樣。」

茉妮卡眉頭微蹙。

「你說你來邀請我加入你們？」我問道。

「是的。」趙玄罌再度微笑。「我們正在徵招能夠驅使影子的人加入，阻止並對抗其他以能力進行犯罪行動的個人或集團。其實昨天幫助你們的槍手也是我的朋友，不瞞你說，攻擊你們的人也是我們的成員之一，因為中間出了一些意外，所以影子失去了控制。我的首要任務是向你們兩位道歉。」他露出苦笑，然後深深將腰彎下。

「真的很對不起。」

「這……其實也沒什麼啦，都沒人受傷不是嗎？」我慌張地答道。

「怎麼可以就這樣放過他們?要是有個萬一說不定你早就進醫院了!」茉妮卡像小孩子一樣鼓著臉，指著我的臉大叫。

「您能夠這樣覺得是再好不過了，我們這邊也會表示出應有的誠意。不過我還是要確認一次，您願意加入我們的陣營嗎?」趙玄罌很熟練地無視茉妮卡的抗議。

我猶豫著不知道要怎麼回答這個問題，正想問問茉妮卡，這女人竟然逕自走向廚房泡起紅茶。

趙玄罌看透我的猶豫不決，開口說道:「您不用急著決定，只要不曾拒絕過我們，宵影歡迎任何人的加入，只是希望您能夠在三日內決定，超過這個期限的話我們就沒辦法讓您成為我們的一員了。」

他從口袋內掏出名片匣，取出一枚設計相當精緻的名片遞給我，名片上印著大大的「月樓」字樣。

「我負責監視這個區域的影子活動情況，有任何狀況需要協助的話都可以來找我，開喫茶館是我的個人興趣，有空也可以過來光顧。」他朝我一笑，真是個愛笑的男人。

不過話又說回來，明明是喫茶館，幹嘛要取個像是古代青樓妓院的名字?我仔細地看了上面的地址，竟然就在學校附近，步行距離大概只要五分鐘左右的路程。

「既然你負責監視附近的影子使者。」茉妮卡將整盤茶具組擺到桌上，對著茶杯中注入紅褐色的茶湯，「那麼你的能力應該是監察型的吧。」

趙玄罌忘情地哈哈一笑，「說的沒錯，不愧是雪菲爾小姐，我的能力的確能夠偵察周遭環境，不過更詳細的部分可不能對你們說明了。得等到妳願意加入我們才行啊。」

茉妮卡將精緻無比的茶杯組推到我們面前，茶湯透出陣陣香氣。趙玄罌端起茶杯輕啜，然後在杯子裡加入一顆方糖。

「很好的紅茶。」

「那當然，這可是最高級的錫蘭紅茶。」茉妮卡翹高下巴，露出自豪的神色。

斯里蘭卡又不是英國，跩個什麼勁啊？

「總而言之，我們有義務對你解說關於影子的部分情報，以免你在往後可能的戰鬥之中受到意料之外的傷害。」他用金色的小湯匙攪拌著杯裡的茶湯，然後又喝了一口。我倒沒像他那麼有喝茶的興致，拿起來就喝了個見底。

「紅茶才不是像你這樣喝的。」茉妮卡瞪了我一眼。

我沒理她，要趙玄罌繼續講下去。

「影子使者分成數種類型，一種是像雪菲爾小姐的類型，也就是擁有自我意識的獨立體，有些人的能力並不足以召出完整的意識體，而只會以物品的方式呈現。」

他跟我要了紙筆，在白紙上畫出兩條縱橫交錯的銳利直線，他在直線的上下左右各自寫下意識型、附身型、具現型和能量型，然後將紙轉到我面前。

「大致上可以做出這四種分類，不過也有帶著多種屬性的強大使者。」趙玄罌在意識型的頂端朝著能量型拉出一條短橫線，然後直直畫落停在能量型的那條橫線上頭，形成一個窄長的長方形。「我想雪菲爾小姐大概是這樣吧，而我則是這樣……」他在附身型和能量型的象限裡畫了一個小小的正方形。

「大致上就是這樣，圖形越大表示使者的能力就越強。意識型的影子我想你已經見過了，至於能量型和具現型嘛……簡單說就是是否轉化為實體物質的差別。」

「昨晚開槍救我們的人就是這種嗎？」我指著具現型這邊問道。

趙玄罌點點頭，「你的反應很快。不過要注意的是，具現出實體物品並不代表他的能力比較弱。某些情況下，這種類型的影子使者反而更危險。」

「昨晚襲擊我和守人的是附身型對吧。」茉妮卡說。

「沒錯，」趙玄罌露出苦笑，「我們稱之為奪影者。」

「奪影？」我問道。

「奪去的奪，這類型的影子是最危險的類型。與一般將能力具現化的使者不同，影子將使用者自身當成媒介作為影子的示現體，有相當高的比例會在使用能力的途中影響使者的心智，如果你是這種類型的能力者，請務必小心能力的使用。」

「影響心智？會影響到什麼地步？」

「不一定，輕微的狀況是性格改變或是記憶喪失，其中也有智力衰退的案例，最嚴重的情況是被影子永久性地奪去身體。」

這實在太誇張了，我真的不是在作夢嗎？我竟然在聽一個素昧平生的人講一堆幻想世界裡才會發生的事，而且還不覺得荒謬！我偷偷瞄了一眼梅杜莎，她的身影被從窗外透入的光線照得有些透明，像個陰鬱的幽靈似地在屋子裡飄來飄去，注視著所有能引起她好奇心的東西。

雖然她還是戴著黑色眼罩，不過我還是能夠感受到她那異常的視線，黑布掩蓋著眼睛所發出的紅光，露出的紅光有如血液般從她臉上劃下。

我想不論是誰看到這詭異的景象都會被嚇呆的，尤其是她正在自己的家裡四處遊蕩。

「最後再提醒您一件事，如果您沒有加入我們的話，為了您的性命著想，請您務必答應我幾件事。尤其是雪菲爾小姐，我想再過不久就會有人沿著您的足跡來到這個國家，我們當然也會盡可能地幫助您，畢竟不管您落到了誰的手中對我們來說都不是一件好事。」

「果然會有人襲擊過來嗎？」茱妮卡皺眉。

「我想是的。您可能還沒有清楚地體驗到這個世界的危險性，因此我在此向您作出幾個忠告。第一、若非必要，請您千萬不要在夜晚出門，尤其是滿月之夜，也要避開月食與日食，雖然這兩個情況並不常見。另外，雖然使者在白天的能力都會比較弱，但還是要盡量避免到陰暗的地方。」

趙玄嚚用非常凝重的表情看著我。

「第二、我想您的能力應該已經有某種程度的覺醒，如果您不想被捲入這個世界的紛爭，就盡量不要使用您的能力。在一般人眼前還沒關係，如果是在其他能力者面前或是踏入其他跟我擁有類似能力者的領域範圍，很容易就會被追蹤。」

我現在不就已經被捲入了嗎？

「我想我們的『聊天』就到此結束，請您盡可能地不要向在場以外的人透露我們這次談話的內容。」他戴起眼鏡，像是在調整眼睛的焦距般，瞇細又睜開眼睛，然後恢復成原來的微笑表情。

「話又說回來，守人先生應該還要上學，這樣雪菲爾小姐該怎麼辦？總不能整天關在這裡吧？」

「我怎麼知道，這種事情應該去問那個任性妄為的傢伙。」我向後一躺，兩手抱胸，將臉撇向一邊。

「怎麼這樣……」茉妮卡一副泫然欲泣的樣子，用手遮住她的臉，帶著哭腔：「我大老遠繞過半個地球，怎麼偏偏遇到這麼無情的人……」

關我屁事！要不是妳投靠的是暮綾姊，我早就把妳給掃地出門！

趙玄罌將他的手帕遞給茉妮卡。「這樣吧，雪菲爾小姐應該也沒有事做，不然白天就待在我的店裡幫忙，也可以藉此保護她。我的店離守人先生的學校也很近，等到您下課再過來接她？」

這人倒是很會做順水人情。

茉妮卡停止啜泣，紅著眼眶偷看趙玄罌。

「可是，我不能加入你們的組織……」

「這點沒有問題，那家店是我的私人營業場所，跟宵影沒有任何關係。」

茉妮卡接過他的手帕，破涕為笑。然後用酸溜溜的眼神看著我。

我在心底暗自嘆氣，媽的，真是有夠麻煩的一群人。我托著腮，迎接即將崩潰的現實生活。

ch4.

日常的崩解

——你的學校裡面應該也有其他的影子使者，小心別被盯上了。

我走在通往學校的路上，想起趙玄罌離開之前留下的這句話，就算他這樣說，我也沒辦法知道有沒有被盯上。我總覺得這些人老是很喜歡自說自話，不管是茉妮卡．雪菲爾還是趙玄罌都是一個樣，一副什麼都知道的樣子，你不能這樣做、也不能那樣做，而且，你總是不會明白他們到底想說什麼。

我撇開腦中的混亂，走向還冷冷清清的學校大門。校園角落的籃球場有幾個人正在練球，其中一人看見我之後，一面揮手打招呼一面朝我的方向跑過來。

「這麼早就在練球，最近有比賽嗎？」

「開學之前有幾場練習賽啦，再不練球可是會輸得慘兮兮哩。」楊冀抹掉頭上的汗珠，聲音有些喘。

以高中生來說，楊冀的身高算是很高的，我想至少也有一八五左右吧。一陣子沒見到他，似乎又變高了一點。他穿著十七號的深藍校隊制服，手臂和頸肩都曬得黑黑的，腳上穿的球鞋雖然已經磨損得很嚴重，但是楊冀一直都是穿到破為止。

雖然暑假期間幾乎沒見面，但他是我一年級時少數幾個比較有在來往的朋友之一。楊冀是學校的特招生，專長似乎是運動吧。學校並沒有特別開設體育班，而是以必須加入學校的運動社團並且參加比賽，來給予學費折扣，我記得楊冀是學費全免的等級。

「你還是這麼早來學校啊？」他看看手錶，「怎麼樣，新班級還好吧。」

「還過得去，只是沒什麼聊天的對象。」

「有空多來我班上找我啊，不然一起來打球嘛。」

「不了，你這個籃球狂。我可不想一早就弄得整身汗。」

「也對，你沒帶衣服來換。」

幾聲呼嘯從他背後穿來，似乎是他的隊友正在叫他。「完蛋，教練來了，我得先走了。」

他丟下這句話就三步併做兩步跑了，那個速度就算加入田徑隊也不會輸給頂尖選手，偏偏他卻選了本校最弱的運動社團——籃球社。

我搖搖頭，走向校舍。

教室的窗戶已經被打開了，有人比我早到，不過裡面卻一個人也沒有。真奇怪，會是誰比我早來？這一年來還沒見過比我更早進教室的人，就算是楊冀那個籃球狂也不會比我先進教室。

依照平常的習慣，我坐在位子上，將第一堂課的課本攤開。

等到上課鐘響，班上的人差不多都到齊了，甚至連老師都進了教室開始上課，我面前的位子卻依然空無一人。

季禘明直到第二堂課才突然在上課途中走進教室來，她完全無視眾人的目光，逕自走到自己的位子前將書包掛上。

她今天沒有束起美麗的墨黑頭髮，臉上也戴著眼鏡，額頭和兩手肌膚露出的部分纏著一圈圈的繃帶，左邊大腿的裙襪交接之處包裹著厚重紗布，蒼白的紗布底下滲出些微的粉紅，看起來有點怵目驚心，尤其是這種傷勢出現在一個美少女身上的時候，你真的會質疑這世界到底發生了什麼事。

季褅明一言不發，沉默地坐進自己的位置。周圍的同學們發出騷動聲，直到講臺上的物理老師出聲詢問。

「那個……季同學妳沒事吧？」

「沒事。」季褅明不帶感情，若無其事地說。

「如果不舒服的話，可以到保健室去。」

這應該已經不是舒不舒服的問題了吧。

「沒關係。」

物理老師不再說下去，轉頭繼續授課，他在黑板上畫下靜力平衡的線性圖示，講解著運算公式。

嗡嗡嗡——我的手機發出兩次震動後安靜下來，上課時間會是誰傳簡訊來啊？我在桌子的掩護下小心地從口袋拿出手機，上面顯示著沒見過的號碼以及一則短短的訊息。

午休時間，我在天臺上等你。

怎麼會有人發這種莫名奇妙的簡訊給我，是惡作劇嗎？

「王守人，上來算一下這題。」

我嚇了一跳，抬頭看向講臺。

「呃……為什麼是我？」

「因為剛好抽到你啊。」物理老師晃了晃手裡的竹籤，「二十四號不就是你嗎？」

的確是我。

「可以讓我來解嗎？」坐在我前面的季𥛺明突然舉手。

「當然。」物理老師愣了一下，然後請她上臺。

她的腳步有點蹣跚，走起路來有一點點不平衡的感覺，季𥛺明拿起粉筆喀喀喀地寫出計算式解開黑板上的題目。

「很好，完全正確。」物理老師輕輕地鼓了兩次掌。

然後她又一拐一拐地走回我面前的位置。

老師再次開始講課，但是我的注意力已經完全沒辦法集中到課堂上了。我有點恍惚地看著季𥛺明的背影，然後望向我的手機。

應該不會是她吧？

後面的兩堂課使用發呆技能渡過之後，本來該是到福利社去搶便當的時間，但是現在已經被那封簡訊給打亂了，我猶豫著到底是應該先去買中午的便當還是先去天臺上瞧瞧。

季𥛺明早在下課鐘響的瞬間就離開了，她總是一個人獨來獨往的。

那封簡訊會是她傳來的嗎？

我抱著滿腹疑惑離開教室。

這個時間說不定會有其他人在天臺上吃飯呢，我走上四樓，要到天臺上就非得經過三年級的教室不可。雖然說是三年級，不過看起來跟我們其實沒什麼兩樣，大概是大學考試的那種氣氛還沒散播開來，喧鬧的程度跟低年級沒什麼不同。

天臺的鐵門打開了一條縫隙，陽光將白色磁磚照得發亮。我打開門，稍微用手遮擋刺目的陽光。

外面空無一人，強烈的日光照得地面發燙，天臺熱得像太陽能兵器似的，難怪沒有半個人上來吃午飯，熱到這種地步，還沒吃完飯就被曬到中暑了吧。

季禘明從屋頂的梯間屋凸陰影處走出來，眼鏡下的兩眼直勾勾地盯著我看。

「呃……妳找我有什麼事嗎？」

「我建議你，離那個女人遠一點。」

「什……」我愣了一下，「我不懂妳的意思。」

「趙玄罌應該去找過你了，如果你不想被捲進來，就離那個女人遠一點。」

本來還想向她問個清楚，但是她絲毫沒有給我思考的時間，說完話頭也不回地離開。

「為什麼現在妳才突然說這種話啊！」我在她背後大叫。

我皺起眉頭，跟著離開這個熱得半死的天臺，只不過在那裡站了一兩分鐘就已經全身滲出汗來，真是要命。

這些人到底在搞什麼鬼？我心中抱著滿滿的疑惑，離開天臺走下樓梯，本來正打算追上去直接一口氣問個清楚，肩膀卻傳來一陣碰撞，有人從背後抓住我的肩膀。

回頭一看，一個三年級的學長手上捧著麵包，另一手緊揪住我的衣服，臉上的表情看起來不太高興。

或者應該說是兇惡。

我偷偷地瞄了一眼胸口上的名字，李彥丞。

「撞到了人連一句道歉都不說嗎？」他陰沉地瞪著我。

「抱歉，我急著找人沒注意。」我隨便應了句，探頭看了樓梯間一眼，季禘明早就不見人影。

「看來真的需要有人好好教你禮貌呢。」

他腳下的黑影開始扭曲起來，影子化成數隻手臂緩緩立起。

媽呀，現在是什麼情況！

我滿臉驚愕，看著半空中的黑色手臂，完全說不出話來。

學長的臉色從惱怒轉為訝異，眼神中帶著饒富興致的視線，而且已經有幾隻黑手攀上我的身體抓住四肢。

「你能看見這些手？」他的語氣熱切起來，一步步逼近我。

「這、我……」腦海中突然想起趙玄罌對我說過的話，「我什麼都沒看見。」我心虛地撇過頭。

「少來了，你明明就看得見。」

「守人，你在那裡幹嘛啊？」楊冀的聲音從底下傳來，同時黑影也瞬間退回影子中，三年級的學長嘖了一聲。

「這次就放過你，」他撿起掉在地上的麵包，走向那如同地獄般熾熱的天臺。「下次撞到人記得好好地道歉啊。」

楊冀跑了上來，看了那學長一眼，然後又看看我。

「喂，你沒事吧？怎麼會惹上這個人？」他有點不屑地看著那學長，「最好不要跟他扯上關係唷。」

「沒什麼啦，只是不小心撞到他，他要我好好道歉而已。」

「那就好。不過這種天氣你上天臺來做什麼？」

「你才是，怎麼會上來三年級的教室？」巧妙地扯開話題也是我的長項。

「跟學長他們討論籃球隊的事囉。」

「那個人，有這麼可怕嗎？你一看到他就整個臉色都變了。」

楊冀拉著我走下樓梯，確認那個學長沒有跟下來才小聲地開口。

「那個人可是個危險人物啊，老是在學校外面惹事生非。據說這附近每所高中的不良分子都跟他交手過了，結果每次都是他把別人給送進醫院，因為大多是對方自己找上門來的，學校好像也沒說什麼，畢竟我們是私校嘛。」

「這樣聽起來還不錯啊。」

「你少蠢了，現在連黑道都開始跟他接觸了。我聽過最誇張的傳聞是他單槍匹馬地就消滅了前陣子很囂張的國道飆車族，據說就是黑道委託他去處理的。」

「原來如此。」

「你這小子真的很讓人擔心耶。」

「這麼說，他也沒欺負過一般人吧。」

「是沒錯啦。」楊冀抓抓頭。「還是盡量不要跟他接觸比較好喔，要是被想報仇的人盯上可就糟了，他也是因為這樣才一個朋友也沒有啊。」

我跟楊冀一起走回二年級的樓層，教室已經變得稍微安靜下來。打鐘之後我跟楊冀道別回到自己的教室，季締明並不在位子上，不過書包倒是還在。

「她好像身體不舒服，到保健室去了。」旁邊的女同學說道。

算了，她八成什麼也不會多說的。

我渾渾噩噩地度過午休時間和下午的課程，季締明則在下午第二堂課就早退了。

明明傷勢就已經那麼嚴重了，幹嘛還勉強自己到學校來呢？

放學時我看見茉妮卡站在校門口對我揮手，她身上穿著正統而且拘謹的女僕服裝，雖然不像扮裝女僕那麼顯眼，不過金髮碧眼的純正女僕也是夠引人注目了。

墨藍色的女僕服將她外露的肌膚襯得更白，金髮被仔細梳理之後像是黃金般耀眼，配上茉妮卡那張細緻的臉蛋，無話可說。

「守人——唷呼——」

不管是男學生還是女學生都將視線投射到她身上，接著目光又轉到我身上來，所有人都在竊竊私語。我加緊腳步走到校門口，直接拉了她的手就朝家裡的方向走。

「妳到我們學校來幹嘛？還有妳身上的衣服是怎麼回事？」

「這是趙先生拿給我穿的，是工作的制服。」

啊？女僕喫茶？真看不出來原來他還有這種嗜好。

「不對唷——」她反拉著我經過校門口，然後又招來一陣指指點點。「到店裡要從這邊才對唷。」

「誰說要到店裡的啊，我要回家！」我甩開她的手。

「可是，趙先生說無論如何都要請你過去一趟呢。」

「真是……」我從身上找出趙玄嚳給我的那張名片，上面的地址的確是在這附近，直線距離還不到一公里的近。

「走路不用十分鐘就到了，很近的。」

「我知道，這種事還用不著妳來告訴我。」我無奈地跟著茉妮卡走，離開校門口附近之後，那些嘰嘰喳喳的談論聲才漸漸消失。

「那個人不是說妳最好不要自己到處行動嗎，怎麼又放妳一個人出來？」

「據說這附近很安全，只要別做太引人注目的事就好了。」

妳穿成這樣還不夠引人注目嗎？真是夠了。

「而且梅杜莎也說應該沒事。所以我就一個人來接你囉。」

「是嗎……」我很快就妥協了。

總之，我們兩個就這樣慢慢晃到學校附近的住宅區邊緣，來到一棟二層磚造的古舊房屋前面，旁邊不是荒廢田地就是長滿灌木的空地，再過去就是山林地。房子外觀看上去有點破舊，不過經過整理修飾倒有些古色古香。一棵叫不出名字的樹種在入口旁邊，陰影正好遮住玄關。建築物上沒有任何的招牌，只有屋簷下的玄關立著「月樓」的看板，旁邊的小黑板上寫著一些販賣物的名稱。

門上掛著「Close」字樣的牌子。

「歡迎光臨！」茉妮卡拉開木製的黑色大門對我說。不用加「主人，您回來了」之類的嗎？

屋子內部也是清一色的木製裝潢，略微昏黃的燈光和窗外的自然光線混合後映合成很舒服的光線。

趙玄罂站在吧檯後，滿臉笑意。

「今天客人不多，所以我就請雪菲爾小姐帶你過來，這樣我們也比較方便說話。」

「在這種地方開喫茶館應該本來就沒什麼客人吧？」我不客氣地問。

「是嗎？我倒是覺得生意還不錯啊，附近的女士都常常光臨本店。」

我想也是，這傢伙的長相一定很吃得開。光靠那張臉就可以吸引住附近婆婆媽媽們的目光。

「你找我來有什麼事。」

「事態有點轉變，我們沒有辦法讓你加入宵影。」

「那很好啊。」總算可以擺脫這傢伙了。

「不過，上面的人允許我對你們做出一些最低限度的幫助，今天找你過來就是要談談這件事情。」

「我跟你沒什麼好談，你應該幫助的人是茱妮卡才對吧。」

「雪菲爾小姐已經納入我們的保護之下。」

又在做這種莫名奇妙的宣告了。

「再來，我決定還是教你關於影子的事。」

我看看腳下淡薄的影子，一點反應也沒有。

「我指的不是那個，實際上影子不過是介面和介質，重要的是隱藏在那後面的東西。」

「你是說梅杜莎？」我指了指從剛剛開始就在屋子裡的梅杜莎，茱妮卡似乎就這樣放任她飄來飄去。

「是的，我希望你能在最短的時間內弄清楚你的能力，就算不告訴我也無所謂，為了你自己的安全，這是最保險的方法。」

「可是，」梅杜莎看久了，其實還滿可愛的。「我根本就不知道該怎麼做啊。」我心不在焉地回答。

「很簡單，只要你時常跟影子接觸就可以了。我已經跟茉妮卡提過，只要是在沒有其他外人的情況下，她會盡量讓梅杜莎現身。」

「就這樣？」

「就這樣。」

「那我回家了，希望我們可以不用再見面。」我調整書包的背帶，轉身準備離開。「對了，」我突然想起天臺遇見的那人。「我今天在學校也看見其他會操縱影子的人。」

「名字？」

「好像叫李丞彥，還是彥丞？」

「嗯，標準的武鬥派人物。不過用不著去擔心他，他是個遊離分子，沒事不會隨便亂來。」

「還有一個人，她提到你的名字。」

「哦？」

「我班上的同學，季褅明。」

趙玄罂抬起一邊眉毛，低下頭用左手調整了眼鏡的高度。

「看樣子小明妳沒有聽我的話呢。」

「我說過不要那樣叫我。」季褅明的聲音從趙玄罂的身後傳來，突然聽見她的聲音著實讓我吃了一驚。

她從吧檯後方的樓梯走出來，因為被牆壁擋住，我完全沒有發現她的存在。

「哎呀哎呀。這下不是全都露餡了嗎？」茉妮卡在旁邊吐舌笑道。

季褅明身上依然纏著繃帶，臉上透著淡淡的哀愁，沒有正眼看我。

「難道、難道妳也是……？」我從喉嚨裡逼出聲音。

「對。」她欲言又止。

「詳情由我來解釋。」趙玄罂倒了幾杯茶，表情有點微妙。「你坐下來聽我說吧。」

我勉強移動腳步，靠著吧檯前的高椅子坐下。

「小明是在兩年前覺醒的，她的父母親……以為她是生病了而四處求醫，最後當然是由我們『宵影』接手處理。」趙玄罂意有所指地對我說：「跟她比起來，你可是幸運得多。」

「什麼意思？」

「你應該不知道被當成怪物的感覺吧。」聽到這句話，季褅明臉低得更低，像是把自己隱藏起來的姿態。「那天晚上襲擊你的人，就是小明。」

「什麼?」

「你該慶幸不是被兩年前的她襲擊,否則你們兩個大概都死了。」

「別再說這件事了好嗎……」季禘明壓低聲音,企圖隱藏那後面的情緒。

「所以,你得先搞清楚你的力量到底會不會對你周遭的人造成傷害,收拾殘局這種累人的工作我可不想常常做。」

「影子也作得到這種事嗎……殺人什麼的。」

趙玄罌點點頭,「而且花招比你想像的還多上不知道幾倍呢。」

「那警察呢?法律呢?」我有點茫然。

「警察先生,我看到有一頭影子怪獸把小孩子吃掉了。還是,法官大人,我親眼看到他的影子掐死了那個人。」趙玄罌看著我,眼中帶著黑暗。「你要選哪一個,嗯?你要怎麼證明一個人用超能力殺死另一個人?」

「那也不能就這樣放任不管吧!」

「『宵影』就是為此而存在啊。我們監視這個世界,就是為了防止部分的人用他們的能力為非作歹。」

「所以你在這裡整天開你的喫茶店?」

「哈哈哈——」趙玄罌愣了愣,接著大笑起來。「我想你誤會了,戰鬥的部分不是我的職責,我做的只是看著,看這個城市的每個角落,至少在我負責的範圍內。你總不能叫個手裡只有望遠鏡的人，去跟武裝恐怖分子對抗吧。」

「啊？」完全聽不懂他在說些什麼。

「你現在要做的就是確保你自己的安全，回家好好想辦法找出你的能力，然後不管看到什麼都假裝沒看到，裝成一個普通人。」

「……我知道了。」這人讓人無奈的能力實在是一流。

季締明什麼話都沒說，看起來也沒有想說話的樣子。

「我走了，明天見。」我對她說。

「再見。」她向我望過來，眼裡卻沒看著任何東西。

我在店外等茉妮卡換好衣服才離開。本來她是打算穿著那件女僕裝直接回去，經過我全力阻止之後她才放棄這個愚蠢的念頭。我可不想一路「引人注目」地回家。

到家之後我直奔浴室好好地沖了個澡。茉妮卡弄了一堆冷凍食品準備當晚餐，我這才發現家裡除了雞蛋和土司之外就只剩下那堆冷凍食物。冰箱裡只塞滿了啤酒，於是我們晚餐只能配水吃。

我打開電視，用遙控器不停換臺，最後在某個新聞臺停下來。上面正在報導這個城鎮的事，我基於好奇心，決定姑且看看。

熊熊的火光在電視裡閃耀著，記者正滔滔不絕地講解：「……記者正位於市中心的X路X段，晚間六點左右發生的不明爆炸現場，疑似是由人為造成，現場火勢已經受到控制，估計傷亡人數已經到達二十五人。目前警方……」

我目不轉睛地瞪著電視裡出現的建築物，灰色清水混凝土建造的七層大樓。我沒記錯的話，暮綾姊工作的事務所就在那裡的三樓。

我冷汗直流，一股不祥的預感攀上我的心頭。我一把抓起電話，事務所的電話不通。廢話當然不通啊你這個白痴。我改撥暮綾姊的手機，這下好了，沒人接。

「怎麼了，發生什麼事？看你緊張成這樣。」

「快叫梅杜莎出來，她不是能夠那個什麼……算命還是什麼的，快叫她算算看暮綾姊有沒有事！」

「咦——？」

「咦什麼咦啊！暮綾姊工作的地方爆炸了！」我抓住她的肩膀，指著電視裡面的大火對她大叫。

茉妮卡很快地反應過來，讓梅杜莎仔細地盯著電視裡面的爆炸現場瞧，攝影機正拍著焦黑的一樓大廳，裡面的裝潢全被燒得精光，靠近地板的牆面露出大片的黑色爆炸痕跡。

「情報量不足的情況下梅杜莎沒辦法計算。」茉妮卡原先也是滿臉慌張，現在卻神色一沉。「不過，這個爆炸是影子使者幹的。」

這個消息讓我突然覺得有點喘不過氣來。

「你說真的？」

「雖然不是百分之百，但是準確率已經夠高了。」

我打開落地窗衝到陽臺前，往市區的方向望去，隱隱的赤橙火光在遠方閃耀著。我沒有看錯，的確是事務所的方向。

「該死！」

該死！

我找出趙玄嬰給我的名片，撥了上頭的電話。

「喂。」

「那個爆炸是怎麼回事？你們的人呢？」

電話那頭沉默了一下。

「你怎麼知道的？啊啊——梅杜莎。」

「你不是說會負責這個地方的安全嗎！為什麼還會發生這種事？」我激動地大吼。

「等等，我們已經著手處理了，你冷靜一點……」

沒等他說完我就將電話切斷。

我衝出家門，也等不了電梯，家裡連輛腳踏車都沒有，我只好朝爆炸地點跑去。茉妮卡在陽臺上喊我，但是我聽不清楚她在喊什麼。

周圍的景象正以不正常的速度流逝著，耳邊只剩下風的聲音。

我跑得有這麼快嗎？

ch5.

前線的硝煙

李彥丞和平常一樣，在學校待到幾乎天黑以後才離開。因為不能待在教室裡，他只能在校園裡不停走動。這個習慣是從他「覺醒」之後才開始養成的，原因連他自己也不是很清楚，他就只是不停走著、走著，然後比平常人晚一個鐘頭離開，或許冬天的時候早一點，不是時間的問題，而是黑夜的問題。

校門口空蕩蕩的，因為沒有照明設備，運動場上的人也早就走光了。

暮日的殘光將天空染成黑血般的顏色。他離開學校，轉進路旁的小巷。巨大的黑色重型摩托車在黑暗中嘶鳴，穿著連身黑色皮衣和全罩式安全帽的駕駛將手上的安全帽向他丟去。

李彥丞用他的「手」穩穩地從半空中接住。

他跨上摩托車後座，感受車體傳來的震動。戴好安全帽後，黑衣駕駛將油門拉轉，摩托車便像是狂暴的兇獸般飛馳而出。

夜風吹拂如絲，現在卻猶如陣陣風暴拉扯他的制服衣角。他沒有跟駕駛說話，就算說了大概也聽不見，只是任由駕駛將他載到目的地。

他們離開市區，駛上國道。黑色摩托車油門全開，瞬間加速到國道速限，引擎聲震耳欲聾，李彥丞伸長脖子，勉強才看見時速表上的數字。

指針的數字堂堂邁過二百大關。

他們很快地進入休息站，駕駛將摩托車停好，李彥丞脫下安全帽，向四周張望。這個時間的休息站幾乎沒人，停車場上只有他們兩人。

「目標是誰？」李彥丞直接開口問道。

駕駛解開扣環拿下安全帽，正在整理她有些散亂的長髮，將皮衣的拉鍊拉至胸口。

「國道飆車族。」她用冷淡的口吻說：「把某個老大的兒子弄得車毀人亡……好像沒死，不過也是要在醫院住上幾個月吧。」

「怎麼又是飆車族啊？他們有多少人？」

「好像有二、三十人，酬勞我已經收了一半。」

「嗯。」

「沒有親自處理的原因，你知道。」

「不要留下證據對吧。」李彥丞開始活動筋骨，「不過這個時間不會太早嗎？」

「他們會在這裡集合。」

他們在停車場閒聊了一陣子。幾十輛車子轟隆隆地開進休息站的停車場，改造車的引擎聲囂張地蓋過兩人的談話。

女子摀著耳朵，厭惡地說：「真難聽。」

車隊意識到兩人的存在，為首的白色改造轎車開了過來，帶領著車隊將兩人團團包圍。十幾輛車開始挑釁般地催動，車內的人猛烈地叫囂。看似像個首領的混混走下車來，其餘的手下也紛紛下車。

他們臉上充滿猥瑣，不懷好意地對著女子笑。
「真是下流的臉。」女子評論道。
「我看比較像是要下地獄的臉。」
「某方面來說，我承認你說得對。」女子微笑。
飆車族首領沒有聽見兩人的話，只是朝他們走來。
「小姐，這種時間在這裡約會？」領頭的無視彥丞的存在，直接向女子搭訕。「跟小鬼頭約會不如跟我們去兜風，妳的摩托車看起來很正點啊。」
「你快點動手好不好，我不想聽他廢話了。」女子表示。
「是是是。」
李彥丞稍稍趨前擋在兩人之間，然後猛地一拳毆向飆車族首領的鼻子。那混混完全反應不及，一拳給打趴在地上。
果然還是自己打最爽快，彥丞心想。重拳帶來的痛楚還火熱地烙在拳頭上，他咧嘴一笑，四隻巨大的手臂從他的影子底下竄出。黑色的手臂幾乎有大型挖土機的長臂般大，手指正張牙舞爪地活動。
被打倒的混混抓著鼻子，痛苦地在地上抽搐。
一旁的飆車族成員見到首領被打倒在地，立刻從車上抄出一堆傢伙，金屬球棒、西瓜刀、還有一些叫不出名字的奇形怪狀自製武器，全員像暴民般地瘋狂叫囂著。

「幹！找死！」

「他媽的！宰了他們！」

但是有一個人卻後退了。

李彥丞沒有放過這個細節，他將那人恐懼的臉記住。得小心不要殺了他才行啊。

他用力地踹向地上那混混的臉，將他歪曲的鼻子踩得更歪。血像是湧泉般從他的鼻子噴出，在地上痛苦地呻吟。彥丞繼續往他的臉踩去，一下然後又一下，直到那人完全不動為止。

「吵死了。」

「同感。」女子附和。

彥丞閃過一次側面的球棒突襲，巨大的黑手抓住兩個膽大的先鋒，將他們高高舉起騰飛在空中，接著臉向著柏油路面墜下，尖叫之後是血肉模糊的碎裂聲。黑手拉著他們的臉在地上拖行，血肉被柏油路面刮起，在地面留下潮濕的血痕。

幾個不知死活的混混還想繼續進攻，黑色手臂將彥丞帶離地面，像隻巨大的四腳蜘蛛，壓壞了幾輛車。幾個還待在車內的人被連人帶車輾壓，巨臂掃過幾個人的身體，其餘的人全都瞠目結舌地看著飄浮在半空中的彥丞。

「妖怪！」

「幹！」

他將所有的車體破壞，幾輛警報器嗡嗡響起的車子被他的四隻巨臂壓成廢鐵，直到所有聲響都消失為止。

彥丞環顧四周，還站著的大概還有十人。

「真無趣啊。」他收起影子手臂，「剩下的一起來啊，老子用拳頭就可以料理你們。」

與其說是鬥毆，還不如說是單方面的殺戮。

剩下的飆車族幾乎也已經失去了反抗的能力，只有其中幾個還有點骨氣，好好地撐了幾下彥丞的重拳，稍微做了反抗，幾個想逃的則直接被捏得扭曲變形。他猶如惡鬼般痛毆了所有的人，拳頭上沾滿了鮮血，其中一人被打落的牙齒甚至刺進皮肉。他已經完全忘了疼痛，只是不停地毆擊。

毆擊、毆擊、毆擊。

直到女子拍了拍他的肩，彥丞才從那精神上的高潮回過神來。

全部的人都倒在地上，只剩彥丞手裡抓著的那人，能夠看見「手臂」的那人。

他驚恐地看著彥丞，臉上有幾個深紅的毆痕，眼睛已經被打得腫起來。

「他好像看得見。」彥丞看了看女子的臉，又看看那人腫脹的臉。

「算了。」拳頭落下。

「你真是個暴力狂。」

「謝謝你的誇獎。」彥丞氣喘呼呼地說。

「來吧，你的手得好好包紮一下。」

彥丞的拳頭的確是打得傷痕累累，指骨的皮膚全都擦破，飆車族臉上的骨頭和牙齒在他手上留下一堆傷痕，骨與骨之間的猛力撞擊讓他的拳頭腫得像塊麵包似的。

「每次都打成這樣，害我還得隨身帶著這種東西。」女子取出繃帶隨便幫他包紮之後，他們整理了現場。說是整理，其實只是戴上手套將那些地上散落的武器朝鄰人的頭顱砸去，然後再隨意讓某人的屍體握好它。

「那些車子怎麼辦？」女子看著幾輛幾乎被捏成球狀的破銅爛鐵，「就算是被坦克輾過也不會變成這樣。」

「隨便囉。」

他們跨上摩托車離開現場。

夏日的夜晚變得有點涼，穿著單薄制服又剛流完一身汗，這樣吹風讓彥丞覺得有點冷。不過無所謂，雖然沒什麼刺激感，不過至少讓他好好發洩過了。

爽。

他真的覺得很爽。不過如果……如果有個旗鼓相當的對手。

……一定更爽。

摩托車離開國道，朝學校的方向駛去。他看見市區的天空冒著紅色的火光，黑煙隱沒在灰暗的天空。

急煞讓他嚇了一跳，也差點讓他飛離車子。他抓住女子的腰，才讓自己穩下來。

一個金髮外國女人擋在他們之前。

「拜託你們，幫我。」她身上只穿著單薄的洋裝，腳上甚至沒有穿鞋子。

「讓開！」騎士對她說：「這麼做很危險，小姐。」

她重新扭轉油門，準備離去。

「不，我知道你們也會使用影子！」

彥丞盯著她。

女騎士推開安全帽擋風鏡，瞇起眼睛看著眼前的女人。

「找我們幫忙得付不少錢唷。」

「太好了，我有的是錢。」她指著遠方天空的火光，「拜託，只求你們幫幫他。」

外國女子遞給女騎士一張壹萬美元的旅行支票，然後向他們詳述了一個少年的樣子，身上還穿著制服。

「妳還真是大方，這比解決飆車族好賺多囉。」她用手指彈了彈支票。

「喂，」彥丞問那外國女人，「妳也會操縱影子？」

她點點頭。

「妳強嗎？」

那女人趕忙搖頭。

「我想也是，不然妳也不會跑來要我們幫忙。」那需要我們幫忙的那個人強嗎？看來也不強。李彥丞心想。

「爆炸，你們要小心炸彈。」那外國女人說。

炸彈？

「聽起來很有趣，」他拍拍女騎士的安全帽。「我們走吧。」

ch6.

惡夜的死鬥

他站在高樓上，望向他的傑作。

那是一片火海。

火場對面的頂樓將下方混亂的景象一覽無遺。爆煙正竄向天空，熱烈的火燄從窗戶中爆出，率先趕到的消防水柱只不過是杯水車薪，逃出來的倖存者正陸續被送上救護車。爆炸點的熱風向上吹襲，熱烘烘地拂上他的臉，火光將他的臉映得分外猙獰。

今晚，他準備在這個城市四處放出炸彈。MKⅡ破片手榴彈、莫洛托夫雞尾酒[1]、闊刀式地雷，自製的定時起爆裝置。這是他能變出的炸彈。只要他接觸過的炸彈，他就能夠記憶並且再生出來。

用他的影子。

黑影集中在他的手中，然後變成他想要的東西。人們好像都看不見它們。當然就算看見了也不影響他的計畫，它們最終都會爆炸。

磅地一聲……灰飛煙滅。

除了雞尾酒炸彈和定時裝置以外，剩下的兩個是憑著服役時的記憶複製出來的。他實在很感謝國家讓他能夠發揮這麼棒的能力。或許改天他可以去空軍基地參觀參觀？說不定可以親眼見見貨真價實的飛彈。

好主意。

1 莫洛托夫雞尾酒，汽油彈別名，命名來自蘇聯的外交人民委員維亞切斯拉夫．米哈伊洛維奇．莫洛托夫。二戰期間以玻璃瓶等容器盛裝汽油、磷、鋁、機油等助燃劑的燃燒瓶，可對車輛造成極大損害。

底下人潮洶湧，圍觀的群眾和消防隊、記者還有警察通通被他召喚過來，鬧哄哄地如同螻蟻般聚在一起，他只消丟幾個「炸彈」下去，就能將場面弄得更加精采。

可惜的是，炸彈爆炸的威力似乎有些不如他的預期，他原先的計畫是要將那棟大樓炸個粉碎，結果卻只將大廳炸得焦黑一片。死掉的人也沒有他想像中那麼多，除了幾個比較接近爆炸點的倒楣鬼之外，大部分人受的傷都不太嚴重。或許是因為沒有看過實物爆炸的樣子吧……他想。

他打消向下丟出炸彈的念頭。今夜他要在這座城市大鬧一番。

從消防梯離開大樓，他瞄了一眼那充滿好奇心卻又冷漠至極的人群，嘲諷似地搖了搖頭。警車，消防車和電視臺的SNG連線車將鄰近的交通弄得更加混亂。他遠離人群，走入黑暗的巷道。

下個地點該選哪裡好呢？他事先擬定了好幾個爆破場所：市區車站、新完工開幕的百貨公司、市立醫院……嗯，哪個好呢？他決定朝百貨公司的方向前進。市中心隨著入夜而變得更加喧鬧，這時間正是下班時段的尖峰車潮，中心路段塞得水洩不通。

大量的汽車廢氣加重了夏夜的悶熱，鬱滯的空氣猶如焚風。陽光逐漸消逝，爆炸地點的火光取而代之照映著昏黑的天空。接下來還要創造第二個、第三個太陽，將天空照成赤紅白晝。

他轉向市區的中心幹道，逆著人群走，心中的不快感隨著路旁通過的轟鳴車陣而逐漸提高。

他花了半個小時，慢慢地步行到目的地。

光是靠近百貨公司就能夠感受到內部的空調冷風，冷氣褪去他身上的悶熱與煩躁，迎面而來的是刺眼的光線，巨大的水晶燈飾掛在大廳中央，向四面八方射出炫眼的光線。男男女女在玻璃櫥窗前來往巡梭，挑選著寶石飾品和化妝品，光華璀璨的物品總是令人目眩神迷。

沒關係，我會讓這一切全部化成灰燼。

他檢查了所有的出入口及逃生路線，首先要破壞這兩處，其次是電梯，接著引爆設置好的影子炸彈。

另一場煉獄秀就要展開了。

大量的莫洛托夫雞尾酒被設置在中央的電扶梯下，他挑選了幾個人群特別集中的地點設置闊刀地雷，出入口和電梯則佈滿了ＭＫⅡ手榴彈。然後設定了定時裝置，時間是三十分鐘。

他在電梯旁的長椅坐下，開始在腦海中模擬著接下來的畫面——人群在火燄中尖叫，身體被爆炸的衝擊和對人地雷撕裂，火紅的血液和血紅的火焰將會取代那令人不快的光線，將大廳染得熾紅。

十分鐘後，他離開百貨公司，走到對街的便利商店，買了啤酒跟下酒的零食，坐下來等待欣賞所有影子炸彈爆炸的時刻。

烈焰瞬間從正面的出口衝出，巨大的爆音震破了建物上大片的玻璃構造，閃爍著自空中墜落。他面前的落地玻璃窗轟隆隆地震動，搖晃的幅度大到好像隨時會被震碎似的。附近的車輛被暴風吹歪，幾個全身著火的人從火燄中衝出，痛苦地在地上扭動，看起來像是低賤的蠕蟲。

他忍俊不住，呵呵地笑了起來。

濃煙像黑色的巨大惡魔般盤據住整座百貨公司，莫洛托夫雞尾酒像是通往地獄的通道般炸開熊熊業火，焚燒著建築底端，出入口早已潰散崩塌，來不及逃出的人只能逃向頂樓，祈求奇蹟降臨。

爆炸瞬間被闊刀地雷炸死的人，此時簡直可被稱為幸運兒。

喝完手中啤酒，另一批警消人員和記者群也同時趕到。他們來得比他想像快得多，原以為下班的車潮能夠再阻撓一段時間的，強烈的警鳴隨著距離遠近而扭曲了音高，閃爍著紅藍色的光芒圍繞在四周，他們圍著火紅的百貨公司執行自己的工作，為他的藝術品增添了幾分美感。

水柱澆上火場，死傷者不斷被救出，直升機在百貨公司上空盤旋著，雲梯車架上破開的玻璃窗營救受困者。大批的車輛將周邊道路塞得水洩不通，人們從車窗裡探出頭，嘈雜地談論著，偶而發出尖叫聲。

他看著這一切，捏爛手裡的鋁罐，離開便利商店，轉向市立醫院前進。天色已經完全暗下來，他繞著巷道緩緩地朝向醫院前進，腳下的柏油路踏起來好像乾燥的草原，鞋子踩在柏油碎粒上發出啵啵聲。後方的燃煙像黑暗的巴別塔般突破天際，將灰藍色的天空染黑。

入夜後的空氣變得有些涼，殘餘的地熱開始從路面上升，幾輛機車從他身旁奔馳而過，廢氣噴向地面，事不關己地揚長而去。

天空緩緩墜下如絲的雨珠，無聲地將淡灰色的柏油漬黑。

轟炸了這個城市的兩處，死傷者也只不過是這座城市的九牛一毛，大多數的人們還是照常過活，只要死的人跟自己無關，那就只是個數字罷了。

他在一次等紅綠燈的空檔看見路旁的小吃攤，老闆無所事事地看著旁邊的小型電視，電視正播著晚間新聞，女主播帶著無所謂的職業性的笑容，報導這個國家的某個角落所發生的鬥毆殺人事件。畫面改變，轉入先前他所造成的爆炸案，消防隊員在稍早的畫面中朝著火場噴射水柱，幾個附近的民眾發表著不知所云的愚見，然後新聞進入插播，畫面轉換成那熊熊著火的百貨公司，現場記者嘰哩呱啦地不知道說些什麼。

他站在那裡目不轉睛地看著那電視，老闆發現他的視線，不屑地將畫面轉了個他看不見的角度。

他丟了個ＭＫⅡ過去。手榴彈在馬路上彈了幾次，滾進攤子底下，他趁著綠燈走過馬路，爆炸將攤子炸個粉碎。

向醫院的路上有好幾輛救護車無視紅燈呼嘯而過，多數人都主動地讓了路，在他到達市立醫院之前救護車來回了好幾趟，他沒細數到底有多少，只是暫緩腳步。不知道是不是剛剛喝下的啤酒影響，他覺得頭有些發暈，視覺的邊角也隱隱發黑，他走到水溝旁嘔出一點東西，喉嚨的深處傳來灼燒感。

他從懷裡取出一個小盒子，從中拿起一顆黑色的藥丸直接吞下肚。

醫院前的車道擠滿了人潮，救護車相當勉強地才從擁擠的人群中鑽出來，幾個記者站在連線車旁，攝影機從遠處拍攝醫院大門。幾個攝影組從急診室的斜坡出入口被醫護人員趕出來，有如食腐動物般守在旁邊，靜待著死亡的消息。

入口站著的醫院主管人物正接受著記者採訪，他拉拉連帽外套的帽緣，讓自己的臉藏在陰影底下，悄悄溜進醫院，大廳充斥著消毒水和藥物的味道，旁邊的綠色塑膠座椅上稀稀落落坐著幾個病人，急診室的方向傳來人類的哀號聲，大批的醫護人員忙進忙出，少數已經緊急處理完成的傷者躺在走道上的臨時病床，傷勢較輕的患者或站或坐，有些人和急忙趕到的家人相擁而泣，臉上的表情還驚魂未定。正在急救中的傷者家屬被拉開，滿臉焦急地縮在一旁。

這些人手還攀在地獄的入口處，掙扎地想要爬出。現在他要做的就是一腳踩在他們的手上，讓他們無牽無掛地墜入地獄。

集中精神，兩顆釉黑的手榴彈出現在他掌心，他將手榴彈放進外套口袋，然後黑影再次凝聚。他正準備拉開手榴彈的插栓朝外頭丟，一道視線從走廊的盡頭傳來。

少年穿著附近高中的制服，上衣被雨水澆成半透明狀，水珠從他的髮梢落下。外頭的雨勢逐漸加劇，遠處傳來雷鳴。少年與他四目相交，然後目光向下，盯著他掌中的手榴彈瞧，接著視線重新向上，眼神由驚疑轉為憤怒；他心中一凜，突然慌了手腳。

怎麼回事？難道他……看得見炸彈？

那少年朝他走來，球鞋與地面的摩擦點發出吱軋聲，在地板漬下水痕腳印。彷彿被眼前的少年氣勢壓倒逼退般，他不禁向後退了幾步。

「你也看得見吧，我手上的東西。」他將手榴彈立於掌心展示給少年看。

「那又怎樣？」

他朗聲笑道：「所以你跟我一樣，是擁有力量的人啊！世界就是這樣，成王敗寇，具有力量的人註定就是要登上頂點！」

少年默然。

「看啊，人們總是毫不在意地踐踏比自己弱小的事物，比起那些事情我所作的根本不算什麼。」他拔掉插栓，將炸彈向旁邊扔去。爆煙轟然湧起，地面隱隱晃動。「我現在已經不是以前的我了，區區的人類在我眼中根本和螻蟻沒有兩樣，你難道沒有這種感覺嗎？」

「你到底在說什麼鬼話。」少年冷淡地否定。

「你也沒辦法理解嗎……明明跟我是同樣的人啊。」

「電視上報導的炸彈事件，都是你的傑作對吧。」

「那只是遊戲罷了。」他冷笑。

「知道這點就夠了……」

少年壓低身體，向他全力跑來，在兩人距離約五公尺的地點一躍而起，於半空中猶如蝦般扭轉身體，拳頭從正面狙擊落下卻失了準頭。他還沒有完全反應過來，只是因為驚懼而稍稍偏移了身體，那高速的猛擊帶著風壓掠過他的側臉。少年像是還沒辦法掌握自己的力量般撞上身後的牆壁，跌跌撞撞地落地。

「可惡。」少年扶著牆重新站起來，像是在確認身體反應似地握緊又鬆開手掌。

明明只是一瞬間，但是那拳頭所帶來的印象卻已經深深烙在他腦海中，他很明白如果被那直接擊中會發生什麼事。恐怕頸骨會應聲斷裂吧，說不定連頭顱都會直接被扯下來。

「那是你的能力嗎？明明擁有力量卻還沒有覺悟，真是可悲。」他朝著剛站穩腳步的少年說。

「如果你說的覺悟就是這樣隨意破壞的話，那我寧可不要。」

他緩緩地向後退開，兩顆榴彈自手中滾落，然後輕輕地將手榴彈踢到少年所在的位置。只要確實地掌握爆炸半徑，就算在近距離起爆他也有不傷到自己的自信。

猛烈的爆炸震碎走廊側的玻璃，宛若電影場景般燦爛的碎片四散而出，天花板上裝設的高瓦數日光燈應聲碎裂，周圍頓時陰暗下來，像是建築物外的黑暗滲入般，少年的身影消失在爆煙之中。

待爆煙散去，他走近確認少年的動向，沒有人能在如此近距離的爆炸中存活下來，他如此確信著。

少年側臥在地，身上的白色制服覆蓋上淡淡焦痕和髒汙的落塵，不知是生是死。他踢向少年的腹部，強行將身體反轉過來，少年的胸口失去了該有的呼吸起伏，閉著眼一動也不動。

「什麼嘛。」他踢了少年的身體一腳。「說了這麼多大話，結果這樣就死了嗎？」

沒被炸毀的灑水裝置嘩啦啦地傾洩而下。

他冷笑了一聲，看著倒在地上的少年，哼哼地笑了起來。他信步向前，耳邊傳來醫院人員喧鬧的叫聲，混雜著細小的交談和恐慌的哀嚎，和淡薄的耳內殘響共鳴著。

幾次炸彈攻擊之後，醫院陷入一片黑暗，仍然運作著的緊急用照明裝置也因為爆炸而所剩無幾，他找出並摧毀了還在運轉中的小型發電機，周圍頓時陷入黑暗，只剩下雞尾酒炸彈所殘留的那些猶如血液般流動的火燄照亮著四周。

他拾階而上，繼續朝著所有房間投擲炸彈，遇到想逃的人就炸，病患、護士、醫生通通無一倖免。一樓蔓延而上的煙霧觸動了消防感應裝置，灑下的大量水珠像是雨水滲進醫院似的，他皺起眉頭，擲出更多的雞尾酒炸彈。

灑水裝置再也無法澆熄那黑紅的惡火，熊熊火焰貪婪而猛烈地吞噬所有東西。

窗外開始閃起各種刺目的光線，旁觀者聲音越來越大。醫院外面已經聚集了各種消防車輛，警察也陸續趕到了，似乎還沒有發現他就在裡面，不過被發現也是遲早的事情，他的身影已經被夠多的人看到了，雖然不知道有沒有能夠察覺到他的人。

現在該來思考該怎麼脫身了，他原先的計畫是直接在牆上炸個洞，擋路的人就直接殺掉。

但是，看著下面那群不知死活的人，他莫名地動搖了。

他走上三樓，能夠逃的人幾乎都逃走了，漫上的濃煙開始讓他的肺覺得有點不舒服，他走到樓層中央的落地帷幕窗，打算轟掉它讓空氣流通一點。

眼角卻閃過一道身影。

那少年氣若游絲地站在他身後，身上和著的髒汙被降下的水花洗去大半，他赫然發現，他身上可以說奇蹟似地，一點傷也沒有。

他詫異地望著他，幾乎不敢相信自己的眼睛。

「怎麼可能……你應該死了啊。」雖然沒有仔細確認過心跳和脈搏，但是剛剛明明是已經失去了呼吸，不，仔細一想，他的身上的確沒有任何明顯的外傷，甚至連絲毫的灼傷也沒有，頂多是一些小擦傷的痕跡，除此之外……

「看來我是小看你了啊。」他化出兩個雞尾酒炸彈。少年沒有說話，淋濕而垂落的頭髮遮住他的眼神。

「啊啊啊啊啊……」在他脫手擲出炸彈的那瞬間，少年低吼著朝著他奔馳而來。

但是來不及的，在你接近我之前就會被火燄燒死。他暗自在心中竊喜，看著玻璃瓶碎作千片，暗色的液體濺出的剎那，火幕延燒而上。少年毫無畏懼，乘著暴風而起對他直撲過來。

那實在是太過於拙劣而易於看穿的攻勢，但是少年護著頭部，對著他自空中狙擊。藉著那異常的身體能力，少年竟然成功地飛越火勢，在爆裂的閃光掩護下，逼近到零距離。

少年的蹴擊擦過了他的側腹，然後整個人失去控制地摔落在地上動也不動。

他的臉上剛泛起笑意，一股劇痛便開始侵蝕他的身體。腹部，是被少年的踢擊輕輕擦過的腹部，那痛楚猛烈地襲擊著他的神經，然後下半身宛如消失般失去知覺，他雙腳開始顫抖，完全無法控制自己的身體。他跪倒下來，對著漆黑的地面乾嘔，他以為自己什麼也吐不出來，口中卻吐出一灘濃稠的黑色液體。

那黑液在地面上聚成一團，像是有生命般蠕動著。他因為劇痛和周遭的熱度而滿頭大汗，全身不住發顫，雖然很熱，卻有股寒意從胃的中央發散而出。他從外套口袋中取出一個小盒子，裡面裝著五顆黑色膠囊狀的藥丸，他用發抖的手指小心翼翼地捏出兩顆藥丸。

一隻不知從何而來的黑色手腕衝出陰影，掐住他的手臂，像是企圖阻止他吃下那藥般緊緊抓住不放。

「別……別妨礙我。」他心想，但那手腕卻沒有放鬆的意思，只是牢牢地抓著。

他使勁全力伸出舌頭將手指捏著的藥丸捲進口中。吞落。

藥丸通過他乾渴的喉嚨直達胃中，然後他感到一股暖流驅走了他身上泛起的惡寒，好像為失去動力的車輛注入燃料一般，肌肉的力量漸漸回復，下半身停止顫抖，連側腹的劇痛也減輕不少。

他竭力驅策略嫌無力的雙腳，無論如何都得先離開這裡再說。

他忿恨地看了倒在一旁的少年，這次他真的是動也不動了。這個不知道哪裡來的程咬金讓他的計畫毀了一半，沒空去管他死活了，他咬了咬牙心想。

好不容易靠上牆壁才勉強能夠走路，他跛著腳步慢慢走向樓梯，準備離開。

就在這時，高亢的引擎聲響從樓梯間噴發，一輛墨黑的重型機車從樓梯口飛馳而出，上面乘著兩人，一人穿著黑色皮衣，頭戴全罩式安全帽，後面的年輕男性則穿著眼熟的制服。

是跟那少年一樣的學校制服。

「看起來已經結束了嘛。」騎士發出女性的嗓音，俐落地脫下安全帽，散開的長髮反射著火光灼灼發亮。

「嘖，都是妳騎太慢了。」李彥丞不滿地回嘴。

「少囉唆，快找人啦。」

兩隻巨腕掃開地上的殘火和碎石開了路，少年慢慢地走到他面前。

「真不好意思，不知道你有沒有在這附近看見一個跟我差不多年紀的男生啊。」

他呆愣著看著眼前的少年，手上綁著繃帶，浮腫的指骨部分透出淡淡的粉紅色。

「嘖，原來是在後面。」李彥丞的視線向他身後移去。「我說……」視線又轉回他身上，「附近幾件爆炸也是你搞的對吧？」

「是又怎麼樣？」他正想凝聚炸彈的瞬間，一記左鉤拳便直擊他的右臉將他擊倒，李彥丞獰笑，朝著倒地的他不斷地痛毆。

「別把人打死了。」女騎士走過他身邊，拳頭卻還在落下。

「這傢伙還挺耐打的，竟然還沒暈倒。」

女子走到失去意識的守人身邊，用手指輕輕地戳了戳他的臉頰，沒有反應，又翻了翻他的眼瞼。

「看樣子是他沒錯，別再打了，過來把人帶上，我快熱死了。」

李彥丞拖著昏死過去的炸彈客走來，黑手抓起兩人的身體。

「我現在才發現，原來是這小子。」李彥丞說。

「誰？」女子漫不經心地問道。

黑手將守人晃了晃。「他啊，跟我同校，我白天才見過他。」

「哦，那還真巧，麻煩你把那面牆打個洞。」

李彥丞掄起巨腕，三兩下就在牆上打出個足以讓機車通行的洞來。

兩人跨上機車，彥丞將兩人夾在腋下固定。

「坐穩了。」騎士拉下安全帽的防風鏡，催動油門，引擎激昂地高鳴，輪胎原地高速迴轉後車體疾馳而出，載著四人消失在黑夜中。

ch7.

迷惑與偏執

睜開眼睛之後，映入我眼簾的是空無一物的灰白色天花板。全身發疼，關節的部分簡直是被注入了一公升的檸檬汁，肌肉異常地緊繃著，左上臂以下至手指末端就像是被截去一樣完全失去知覺。我使勁想坐起身子卻辦不到，身體不聽使喚。

右手接著的點滴正不斷往身體裡注入透明色的液體。

我將臉向左側稍稍移動，看見茉妮卡枕著我的左手臂睡得十分香甜。

原來妳這傢伙啊！

看著她嘴邊就快要滿溢出來的口水，我不禁嘆了氣。

直到看見她的臉之後我才想起來發生了什麼事。我跑到醫院找到那個殺了——其實我也不知道是不是他殺的，或者有沒有被他殺了——暮綾姊的兇手，然後按捺不住情緒就衝上去揮了他一拳，之後……

之後我就想不起來了。

真的，記憶的線就硬生生地被截斷然後重新接上，至於那是以什麼樣的手法和原理接上的我當然完全不清楚。記憶就在那個地方中斷，像是我揮出那拳之後就睡著了一樣。我恍然地看著灰白的天花板，窗簾微微透出不知道是早晨還是入夜的陰鬱光線。

暮綾姊不知道怎麼了。我試著動動看被茉妮卡壓著的左手，很不妙地一點感覺都沒有，我只能用痠疼的右手繞過身體推了推茉妮卡的腦袋。

她頭部離開我的左手，很不甘願地揉著眼睛，慢條斯理地伸了懶腰打了呵欠。失去知覺的左手已經完全麻痺，只剩下肩膀附近的肌肉還能夠使喚，我剛舉起肩膀來手臂就無力地垂下。

「你總算醒啦。」她若無其事地說。

「妳倒是完全沒有擔心的樣子嘛。」

「擔心？我？」她用這位同學你的腦袋是不是壞掉了的眼神看我。

「好吧好吧，妳什麼都知道。暮綾姊怎麼樣了？」雖然有點擔心，不過看她這個樣子應該是沒什麼事才對。

「她完全沒事。」她強忍住嘴角的笑意然後說：「看不出來你的個性這麼衝動呢。」她伸手過來摸我的頭，我直覺地伸出左手想擋開，手臂卻立刻軟趴趴地倒下來。

「嘿嘿嘿……」她恣意地搔弄著我的頭髮，好像一切都在她的算計中似的那樣笑。我不禁有點發窘。

「妳故意的嗎。」我不耐煩地用右手撥開她的手。「別再摸了啦。現在到底是什麼情況啊？這裡是哪裡？」

「這裡是趙先生熟識的診所，醫生似乎也是影子使者喔。」

怎麼會突然一堆超能力者像雨後春筍似的不斷冒出來啊！

房間的拉門突然被拉開，暮綾姊手上抱著一個背包和她自己的公事包默默地走進來，她把背包放在床邊冷不防地就朝我的頭打了一拳。

「你這小鬼到底在搞什麼……」她厲聲斥道，聲音卻馬上和緩下來：「我差點擔心死了。」她彎下身來抱著我的頭。

「妳……妳幹嘛啦！」

「別害羞嘛，讓姊姊抱抱。」

她緊抱著我好一會兒才鬆開手，然後又歪著臉說：「是說你這小孩真是有夠笨的，我明明說了要出去幾天才回來，你怎麼會以為我在事務所呢。」

我這才突然想起來，她的確是在出門前說過類似的話。

「這、情急之下我就忘了嘛。」

「說你笨還不承認。」她擺擺手，一副無可奈何的樣子。

「我可是為了救妳哎！」

「救我？」她噗嗤笑了出來：「你手無寸鐵的跑到事發現場去要怎麼救我啊？」

這次我真的無言了。

「下次別再這麼傻了好嗎？」她扠著腰說：「這樣擔心的人反而是我耶。老哥把你交給我就擅自遠走高飛，雖然他這個人爛透了，但是我畢竟還是你……姑姑啊。」

她竟然猶豫了！

暮綾姊似乎看出我在想什麼，又捶了我一下。

「換洗用的衣服放在這裡，事務所被炸掉整個亂成一團，我還得回去幫忙。茉妮卡我順便載妳回去吧。」

「事務所……」

「今天是禮拜二。」茉妮卡說。

「呃，這麼說……」

「你已經睡了整整一天。」

我驚愕地完全說不出話來。

「醫生說你還得住院觀察一兩天，我先送茉妮卡回去好好休息，下班後再來看你。」暮綾姊將大拇指劃過喉嚨，用敢亂跑老娘就宰了你的眼神瞪我，然後嘩啦啦地推開拉門拖著一臉愛睏的茉妮卡離開了。

牆上的時鐘指針才剛越過八點不久，觀察過房間內部的陳設之後，我發現與其說這裡是間病房，不如說是將倉庫臨時整理出來做為房間使用，整個房間空曠得可怕，角落堆著一些雜物，空氣也有點混濁。總之看起來完全沒有診所的樣子。

我躺在床上，茫茫然地看著天花板，手臂已經不麻了，身體也不像剛醒來那樣僵硬，我調整身後的枕頭試著將身體靠得舒服點。

走廊傳來叩叩的腳步聲，一個相當年輕的護士端著看起來不怎麼樣的流質食物進來。接著是個穿著套裝和白色長袍看起來像是醫生的女子，戴著一副紅框眼鏡，頭髮紮得有點隨便，踩著高跟鞋叩叩地走到窗邊將窗簾拉開，打開窗戶。護士架好床上的桌子，將食物和水放在桌上之後就離開了。

看起來像是醫生的女子坐上原本茉妮卡坐的椅子，蹺起腳然後讀起她手上的紙本，快速地翻閱過之後就丟到一邊去。

「王守人？」

我點點頭。

「事情的經過我已經聽玄罌說了，我是這家診所的醫生，我叫劉懷澈。」我跟她握了握手。

「妳也是……影子使者？」

她微笑著點點頭，食指豎在嘴前。

「請務必保守這個祕密。你還記得事情發生的詳細經過嗎？」

「忘了。」我搖搖頭。

「送你過來的男孩子身上穿著跟你一樣的制服，而且……爆炸事件的犯人也還關在這裡，到現在還沒有醒過來。」

「跟我穿著一樣的制服？」

「似乎是那個外國女孩託他們救你回來的，那個瘋子幾乎把整個市立醫院給燒光了，趙玄罌為了善後忙得人仰馬翻。弄死了一堆人，兇手卻不知去向。然後又有媒體目擊到一輛摩托車衝進醫院，又從火場中飛馳而出，現在全國上下都正在找這輛摩托車和騎士呢。」

「摩托車？」我越來越搞不懂她在說什麼了。

「我忘了說了，跟你同學一起送你過來的還有一個摩托車騎士。」

「所以，我還是輸給那個傢伙了嗎？」

「或許吧。據他們說，他們到現場的時候你已經失去意識了，而那個人雖然還醒著，不過看起來一副快死掉的樣子，於是就被順手解決了。」

她從口袋裡拿出一個小盒子，打開之後裡面裝著兩顆黑色的詭異膠囊狀物體。

「你有看過這東西嗎？」

她手中的膠囊呈現完全的黑暗，吸收了所有的光線，表面完全沒有任何的光澤起伏，看起來完全不像是現實中的物體，喪失了立體感。

「這是從那個人身上搜到的唯一一樣東西，看起來好像跟他的能力無關。」

「他可以變出一堆炸彈，他就是那樣殺人的。」

女醫生將藥盒收近長袍的口袋，交換蹺起的腳。

「應該是別人的能力，目前我猜測或許是類似興奮劑或是增幅劑之類，可以提升使用者能力的藥。可惜人體實驗的風險太大了，不然我還滿想知道它的效果的。」

「那種事情也辦得到嗎？」

「嗯，使者的能力相當多采多姿啊。你可別問我的能力哦，我不會說的。」

「醫生妳也是宵影的人嗎？」

「不，我跟趙玄罌純粹是舊識。以前曾經幫他治療過。」她沉默了一下，彷彿回想起什麼事情似的。

「快把早餐吃了吧，雖然看起來不怎麼樣就是了。畢竟我們診所本來就沒有在幫病人準備食物的。」

我把面前微鹹的蛋粥吃掉，把水咕嚕咕嚕喝光，雖然沒什麼飽足感不過我想暫時也只能這樣了。

「你一整天都沒有進食，所以只能先給你吃比較清淡的東西。」

她檢查過點滴，然後把接在我手臂上的管子抽掉，留下幾本雜誌。

「你的身體沒受什麼外傷，只是不知道為什麼有輕微的腦震盪，所以我跟你家裡的人商談過之後建議再觀察個兩天。如果沒問題的話你馬上就可以回家了。」

「嗯。」

「你在跟那人戰鬥的時候傷到頭了嗎？」

的確，我不記得我有撞到頭或是什麼的。她看我一臉困惑也沒多問。

「醫生妳……為什麼會想要當醫生呢？」

「問這幹嘛？」她露出有點訝異的表情。

「呃，畢竟我也要準備大學考試了嘛。」

她不置可否地長哼了一聲，歪著頭想了想然後說：「你不覺得可以跟一大堆穿著護士服的可愛女孩子一起工作，簡直像是在天堂一樣嗎？呵呵呵呵呵……」然後臉上帶著毫不掩飾的十足妄想式笑容離開了。

神經病！為什麼都是一些怪人啊啊啊！輸了，我真的徹徹底底輸了。

我無奈地望向旁邊留下來的雜誌，隨手翻了翻，其中一本是最新出版的八卦週刊，光是封面就非常吸引我。上面刊載著一張雜訊多得驚人的模糊照片，看得出來是特殊處理放大過的。一輛模模糊糊的黑色重型機車飛躍在夜空，騎士的身形完全融入夜色之中，只看見後座的人穿著白色的學生制服，右側夾著一個人影，看樣子左邊那個輪廓應該是我沒錯，腳都露出來了。

不知道媒體看不看得出來是我們學校的制服……雖然穿那種制服的學校附近也只有那麼一所，還好有戴安全帽，加上照片也不清楚，身分應該是不至於暴露才是。

我翻開內頁看裡面的詳細報導，裡面什麼重點情報也沒有，只有一大堆臆測出來的詭異文章，簡直跟看幻想小說差不多。關鍵的監視器錄影帶一捲也沒有保存下來，全都在火場中燒毀，只有少數目擊者的說詞讓我看得有點心驚膽跳，他們就像是能看見那些炸彈似的，描述的狀況也幾乎接近實情，但是似乎沒有被警方採信，而其他的多數證詞都在胡說八道，不過就我個人的意見來說，實情聽起來反而比較像是胡說八道。

這麼大的事件篇幅卻沒有我想像中的多，翻了幾頁之後就換成其他無聊的花邊新聞，大概是記者也沒蒐集到多少情報，不過上面確實地寫出我們學校的校名。

嗯，情況好像有點糟糕，我已經可以想像學校門口擠了一堆記者的樣子。

我闔起手上的雜誌丟到旁邊，腦子裡有些昏昏沉沉的。相較於身體所呈現出的狀況，頭腦的反應就好像時間軸錯開的影片一樣，聲音慢了好幾拍才出來。那晚的畫面模模糊糊地出現在腦海中，雖然細節想不起來，但是大致上已經知道發生了什麼事。

從看見那傢伙第一次出手開始，我就已經壓抑不住心中的情緒，那些炸彈不知道殺死了多少醫院裡面的人。對他揮出那拳之後，我還記得的只剩下那一瞬間的暴風。我應該就是在那時失去了意識才對。

到底是誰將我救出來的呢？我再怎麼想也只能得到一個結論，八成跟趙玄罌和他的組織有什麼關聯；不過醫生卻說是茉妮卡找來的人。那張照片確實照出了跟我穿著相同制服的人影，看來學校裡面會使用影子的人比我想像中的還多……

我腦中閃過在天臺遇見的那個學長。

我重新抓起雜誌，仔細地反覆看過上面的照片，雖然臉相當模糊而且還戴著安全帽，不過還是可以隱約看出臉的輪廓。

如果救我的人就是李彥丞，那茉妮卡跟他有什麼關係？那個機車騎士到底又是誰？

我放棄再想，蒙著頭躺回床上。腦中雖然一片混亂，但是身體的不適感已經舒緩許多，雖然只有一點點，但是吃過食物之後，身體的確是比剛醒過來的時候好多了。

昏昏沉沉地又睡了一陣子，醒來的時候已經是下午了。旁邊的櫃子上擺著已經涼掉的流質食物和水，雖然看起來讓人不是很有胃口，但是因為肚子實在太餓，還是忍著全部吃完。牆上的掛鐘指著下午四點。身體的不適感雖然還在，不過頭腦已經變得很清醒，原本盤桓在腦中的暈眩感已經不見。我測試了一下身體的反應，基本上已經不像早上那樣不聽使喚，肌肉的痠疼感也削弱許多。身體會變成這副德性，應該是太過度使用肌肉的緣故吧，不只是那時候發揮出來的力量，跑步的速度好像也快了相當多，我原本以為是所謂的腎上腺素作用的結果，但是那人的確也說了那是我的能力之類的話。我的能力就是身體變強壯？而且使用之後還全身痠痛？未免也太弱了吧！我忍不住在心底抱怨。

房門被嘩啦啦地拉開，季褅明面無表情地走了進來，然後緩緩地關上拉門，無聲地繞過病床在我左手邊的座位坐下。

她穿著制服，原本裹著繃帶的地方在露出的肌膚上留下淡淡的色差。她挺直著背脊，一言不發，垂下的眼睛滴溜溜地在我身上打轉，像是不敢正視我的臉一樣。

我們陷入沉默之中，氣氛尷尬得讓人想轉身逃走。

「為什麼不聽我的……叫你離那個女人遠一點。」她的語氣中帶著一絲怨懟，但與其說是在埋怨我，不如說是在怨她自己。她的頰骨微微隆起，用力咬著牙齒。看起來一副很生氣的樣子，但我卻不明白她在生什麼氣。

「這件事跟茉妮卡又沒什麼關係。」

「如果不是因為她，你怎麼會知道『影子』的事。」

「我是自願去找暮綾姊的，不管有沒有什麼影子都一樣。這些事是我為了我的家人去作的，跟茱妮卡無關。」

「如果不是那個女人用她的能力透露情報給你，你才不會發生這種事！」

我定定地望向她的眼睛，她卻迴避了。

「不管多麼危險我都會去的，只要是我的家人。」

她突然站起來，聲音大到蓋過椅子倒下發出的聲音。我嚇了一大跳，一陣尷尬降臨在我們之間，直到護士過來看看發生了什麼事。護士打開門的瞬間，她的臉突然紅了起來，然後氣急敗壞地從書包裡翻出一本筆記丟在我隨手放著的雜誌上，一句話也沒說就啪啪啪地踩著地板走了。

護士小姐皺著眉頭看了看我，又看了看走廊。

我錯愕地拿起她丟在我身上的筆記，裡面記著上課的內容，有點不平衡的字體淡淡地記在紙面上，看來是她用受傷的手勉強記下來的。

「你不去把她追回來嗎？」劉懷澈揮走有點不安的護士，走到我旁邊。

「現在這個樣子是要我怎麼追啊。」

「說的也是。我現在正在工作所以沒有時間說太多，不過她應該是不想讓你踏進這個世界，她應該是在生氣吧，何況，再加上那個外國女孩把你捲入這場戰爭之中。」

「戰爭？有這麼誇張嗎？」

「我看你是還沒睡醒啊，都已經實際體驗過影子使者之間的戰鬥還不能理解嗎？更何況那只是你們兩人之間的鬥爭而已，如果有五到十人的影子使者同時在這個城鎮裡面開戰，那可不是那麼容易結束的事情。」

親身體驗過那地獄般場景的我完全沒有反駁的餘地。

「而且那個孩子也有不想讓你知道的事，這種年齡的女孩子煩惱可多了唷。」她點頭說，然後斜睨一眼手中的懷錶。「跟你說太多了，總之，既然你已經踏進來了就很難脫身，我跟玄罌會給你適當的幫助。」

「適當的幫助？」

「用些手段讓你確定自己的能力之類的，竟然什麼都不懂就能夠幾乎擊敗一個影子使者，真不曉得要算是你有天分還是對手太蹩腳。」她留下這句話，頭也不回地離開。

趙玄罌來找我的時候已經入夜，還帶著幾件打包好的換洗衣物。

「哎呀，真是累死我了。」他語氣略帶戲謔地說：「那個傢伙還真是害人不淺，連打都不用打就可以把我整得七葷八素。」

他這次穿得倒是不像之前那麼正式，但還是穿著長袖衣服，左手也戴著手套。雖然儀容維持得十分整齊，神色還是流露出疲憊感，一抹輕薄的黑眼圈像是眼影般塗上他的眼眶。

「謝謝你幫我帶衣服過來。」

「別這麼客氣，這也是為了保護茱妮卡和你的家人。雖然你打倒那個瘋子，不過我想那個人有可能只是個誘餌。」

誘餌？

「這個區域加上我，總共有四名宵影成員，除了我以外的其他三人都是戰鬥員，事件發生的時候卻全都聯絡不上，直到不久之前我才找到他們的屍體。」

「屍體……你是說他們全都死了？」我腦中頓時一片空白。

「是啊，一個被炸死在別的爆炸現場，另外兩個人則是死得七零八落，像是被一群野獸圍攻，全身上下都是撕咬的痕跡……算了，看你的樣子應該也聽不下去。這個城鎮裡面還潛藏著別的影子使者，而且戰鬥手法完全是有備而來，為了你們的安全，只好暫時避免讓你的家人來找你。」

「原來是這樣。等等，現在能夠戰鬥的人一個也不剩了？」

「這個嘛，其實也沒這麼糟糕啦，把你跟小明排除在外，我有一個舊識還留在這裡，就是那晚救你的槍手啦，雖然他不是宵影成員，不過也很習慣戰鬥。另外把你救出來的那兩個人，只要好好談條件說不定也能把他們拉到我們的陣營裡，至少也要讓他們不與我們為敵才行。」

「趙先生你認識那兩人嗎？」

「嗯，其中一個就是你們學校的李彥丞，另外一個是挺有名的人物。她被稱作黑騎士，原來是個相當兇暴的飆車族頭目，銷聲匿跡了一段時間之後最近成為了影子使者。該怎麼說呢，對我們組織來說兩個都是不想接觸的對象。我之前也提過李彥丞是個武鬥派，說白一點就是個戰鬥狂，從他還不是影子使者的時候就到處尋釁打架，有好幾個影子使者都被他整得相當慘，雖然是自找的。」

「我倒是認為他不是個很壞的人。」

「哦？」

「他沒有對我跟小明出手對吧，雖然他看起來就是一副躍躍欲試的樣子。」

「是這樣嗎？原來也有這種看法。」

「我不能保證就是了。」

「原來如此啊哈哈哈。」他很開心地笑著：「你比我想像得更有趣，印象有加分。哈哈哈哈。」

這個人死了三個同伴還能笑得這麼開心嗎。

「你剛剛是不是在想，這個人為什麼明明死了一大堆同伴還能笑得出來啊？」

被說中了。

「唉……」他有些無奈地說：「這也是沒辦法的事，如果不讓自己開心一點我早就崩潰了。」他摘下眼鏡，用他纖長的手指按摩兩眼之間。「我當然也不希望有人死掉，不過就算是同陣營的我方，也不能一一當成同伴，在戰場上抱持太多情感，不論如何受傷的都是自己。」

「宵影經常都在進行這種戰鬥嗎？」

「唔，這次的事件不管怎麼說都是很少見的，死傷人數雖然沒有我想像的那麼多，但是造成的恐慌卻是恐怖分子等級。直接對一般人大開殺戒的使者以前也曾經出現過，不過能夠造成這種破壞規模的能力並不多見，做這種事的影子使者大多也會被圍剿，畢竟沒有人希望自己的親朋好友被莫名奇妙殺掉，就算是不同陣營的影子使者之間還是有些共識。」

「那個傢伙到底殺了多少人？」

「我估計大約五十人，加上重傷者大概兩百人左右，至於輕傷者就很多了。他的能力似乎並不是很穩定，爆炸的效果不佳。我猜如果是真實的炸彈，死者再多個兩三倍也不為過，看你身上的傷就知道了。」

我的確是沒受什麼傷，會搞成這個樣子應該也是我自己的關係。

「這麼說來，你的能力就只有增強力量嗎？懷瀲告訴我說你的恢復速度比一般人快很多，而且肌肉的傷害看起來也像是瞬間的過度運動造成的。以一個影子使者來說還真是普通啊。」

「評價是普通啊，雖然我自己也覺得很普通。」

「但是你卻能打敗一個極適合戰鬥的影子使者，說不定還有其他祕密也不一定。當然如果你知道了自己的能力也沒有必要告知我，但是我必須確定你有能力保護自己。找個時間再來研究如何運用你的能力吧，現在要先解決眼前的問題。」

「那個人身上的藥，還沒有頭緒嗎？」

「啊，懷澈已經問過你了吧。那個藥看起來很危險，又不能隨隨便便找個人測試效果，實在是令人在意。我已經把藥給相關的研究者，不過如果要知道確切的效果還是要實際做人體實驗。」他低頭看了看錶，「哎，不知不覺都已經聊了這麼久。我也該離開讓你好好休息了吧。」然後起身準備離開。

「玄罌大哥，我可以這樣叫你嗎？」

「我的榮幸。」

「你之前跟我提過以前小明覺醒的事情，小明她到底是發生了什麼事？」

「如果你這麼想知道，那就親口問她。我只能說那是非常令人痛苦的經歷，她不希望你也成為影子使者並不是沒有理由的。」

「但是我已經是了。」

「沒錯，已經回不去了。現實總是很殘酷。」他苦笑：「你好好休息吧。」

我們互道再見，然後他靜靜地離開。

整間診所好像只剩下我和那個昏迷不醒的混蛋，醫生和護士們早就已經下班。沒請暮綾姊幫我把電腦帶來實在是敗筆！

我拖著痠疼的身子到診所的浴室裡簡單地洗了澡，用熱水把身上積存的黏膩汗水洗掉，身體的不適感也減輕了一些。我換上事先準備好的衣物躺上床。因為下午睡得太飽，實在是沒有什麼睡意，只能躺在床上翻來覆去試著讓自己睡著，或許是因為身體實在太累，最後勉強還是迷迷糊糊地陷入睡眠。

不知道睡了多久，黑暗中似乎有什麼東西正在蠢蠢欲動。月光從窗簾的縫隙灑入，我坐起來，望向對面那片漆黑的牆壁，全身立刻僵硬。對照周圍表面的陰影，那面牆壁的黑就更顯得異常，像是吸取了所有投射其上的光線般，深不見底的黑暗。

模糊的輪廓浮現在那黑暗之上，一個人形物體緩慢地穿牆而入，黑暗以穩定的速度運動著，直到黑色的人形完全脫離牆壁為止。黑色人形的表面緩緩地凝結出細部，呈現出外表的立體感，衣服的質感和五官逐漸成形，影子褪去之後露出蒼白的皮膚。

我暗自捏了毯子下的大腿，確認自己是不是在作夢。很好，絕對不是。

那男人明明只是中等身材，看起來卻異常地高大，帶著壓倒性的強烈氣勢。他穿著幾近黑色的大衣，內裡的衣角露出一半，胸前掛著一條銀白色的綴飾。一頭略長的灰髮，尾端微微捲起，蒼白的手腕清楚地浮現藏青色的血管，臉色像個死人，眼中也毫無生氣，如果就這樣擺在棺材裡，沒有人會懷疑他還活著。

他無聲地移動，拉了張收合在牆邊的鐵椅坐下。

「晚安。」他面無表情地說。

「啊……晚安？」

如果是正常人看到眼前的情景，魂魄應該都飛走一半了，不過我的意識卻好像本能地接受這種情況，一點也沒有害怕的反應。反正就是另一個影子使者，看起來也不像是有攻擊我的意思。我穩定情緒，試著開口問他。

「你是誰？」

「啊啊，忘了自我介紹。」他似乎正用那對死氣沉沉的雙眼觀察我的反應，不過我完全看不透他在想什麼，那人的語氣雖然一派輕鬆，但是整張臉卻絲毫沒有顯露出任何表情，簡直就像面具一樣。

「我的名字啊，該叫什麼名字好呢——」他的語氣雖然有點苦惱，不過臉上還是沒有任何表情。「卓久樂你覺得怎麼樣？」

吸血鬼？穿刺公爵？

「寫作長久的久、快樂的樂。」

「寫成什麼都無所謂吧，你到底想幹嘛？」

「竟然說寫成什麼都無所謂，現在的年輕人真是……」

「反正你也是剛剛才想出來的。你到底要幹嘛。」

「我本來是想來這裡拿回點東西，順便過來看看你。不過盒子裡都空了。」他彎身向前，將手中的小盒子向上拋出，然後啪地一聲單手扣住。「如何，要的話我可以便宜賣給你。」

戰慄感從身體的中心湧出，我到底是怎麼了？竟然完全沒有意識到眼前這個人或許就是那個智障的同夥！

「你可別會錯意了，藥是我的，但是我可沒要那個白痴到處搞破壞。真是，我原本的計畫都被打亂了。」

「到處賣那種東西的人我看也不是什麼正人君子。」

「或許吧，不過正人君子這種東西說到底只不過是世人的幻想，人類的本質就是欲望，即使是全世界公認的善人，也只是壓下自己的欲望，在世人面前呈現其虛偽的表像罷了。荀子的性惡說實在是透澈，真誠的思想家。」

這個人到底是來幹嘛的？

「裡面那個人是被你打倒的？真是過分呢，既然把人傷到那種程度，還不如殺掉算了。」

「殺了幾十個人的兇手沒有抱怨的資格。」

「發言真是強硬。人權團體可是會抗議的。宵影的人是這樣教育你的嗎？」

「我不知道你在說什麼。」

「呵呵呵。」他露出皮笑肉不笑的詭異笑容。「我對你實在很感興趣，你看起來簡直一點力量也沒有，不過我總覺得你很強，而且是前所未見的強。是被什麼東西掩蓋起來了嗎？」他邊說邊站起來靠近我。身體想做些反應，殘留的痛楚卻還沒消退，一使勁全身就像是痙攣一樣渾身動彈不得。他走到床邊，慢慢地將臉貼近我，那張臉的壓迫感簡直嚇人，等到他離開，我的臉上已經佈滿冷汗。

「真是要不得啊，身為僕役的影子竟然敢反過來操弄主人。」他的手貼上我的胸口。

「我來幫你一把吧。」

「什麼……」我還沒能做出適當的反應，他的手就像沉入水面一般沒入我的胸前，肺像是被重物壓住，完全無法呼吸。

「快現身吧！你不會想賭一把的。」

「真要賭，我可是沒有輸的可能，因摩陀。」耳邊傳來巨大的嗡鳴，那聲音像是透過電話筒傳來，低沉而無機的聲音。

一隻巨大的金屬手臂從我體內伸出，將被稱為因摩陀的男人的手推出我的體外，無數的細小齒輪構成的關節驅動著手，一陣高速的回轉聲響起，那鋼鐵手指扣住因摩陀的手掌，將其骨骼捏成碎片。

那巨人的身軀從覆蓋在我身體上的陰影處緩緩隆起。它身上染著黑白，表面瞬間又閃過變化萬千的霓虹色。巨人的身體覆蓋著無數的金屬片，關節的縫隙中隱藏著精巧的各種齒輪，隨著它的身體運動而不停迴轉，不，或許該反過來才對吧，是齒輪的運轉在驅動巨人。身體中心存在一個大型的發條機芯，卻沒有任何機關驅動它，以不明的動力帶動著巨人全身的齒輪。巨人的臉上覆蓋著平滑的金屬面罩，藍白色的光從眼部的縫隙中流瀉而出。

「真是不公平吶，一瞬間就被看透了。那是我的真名嗎？」

「沒想到人類也能做到這種程度，竟然反過來吞掉自己的影子。」巨人鬆開那男人的手掌。

男人抽回手，望著被捏到完全變形的手掌，有一根手指看起來已經搖搖欲墜。黑影從他的袖口陰影湧現而出覆蓋住變形的手掌，接著重新固定形狀。只不過是彈指的工夫，手掌就完全恢復原狀。

「因摩陀是『不朽者』的意思吧。真不錯，比起卓久樂好多了，至少不會被認為是穿刺公爵。不過躲在主人身體裡不肯現身這種行為是在是非常要不得，對影子使者而言簡直就是無恥。」

鋼鐵巨人毫無反應，而我也被眼前的畫面嚇傻了。

「唉，反正也見識到有趣的東西了，這次我就暫時乖乖撤退吧。後會有期了。」因摩陀轉身穿入牆上的陰影，身體反過來融入牆中，一瞬間就消失不見。

鋼鐵巨人轉面向我，龐大的手掌輕輕撫蓋我的臉。

「好好休息吧，主人。」

ch8.

不滅的意志

鍾遠川從陰影處悄悄現身，看著那個徒步離開診所的男人。

那男人在街道上左顧右盼，然後沿著馬路的右側踽踽獨行。鍾遠川猶豫著是否要跟上去，那個男人無疑是影子使者，讓鍾遠川最訝異的是，他完全沒發現那男人是什麼時候進入診所內部。

最初發現異象的時候，他注意到診所外牆的陰影某處顯得特別陰鬱，黑色的液態影子從牆壁的縫隙緩慢地滲出，然後影子凝聚成團，形態逐漸固定成人形。他看過了無數影子使者的紀錄資料，卻完全沒有看過這個人的臉。他有些在意診所內的情況，那男人如果能夠像這樣到處滲透進建築物中，那可是相當棘手的能力。診所內部靜悄悄的發出沒有任何聲響，他懷疑是不是那炸彈狂被暗殺了。

在這種情況下，正常人通常都會選擇進入診所內察看內部的情況。但是對於鍾遠川這個「追跡者」來說，最優先的目的就是找出目標的巢穴。他看過趙玄罂從那影子使者手中取得的黑色膠囊，他曾經閱讀過相關的資料，目前所知擁有具現藥物能力的影子使者只有一名，正關在遙遠的美國監獄中，因為被當地警方栽贓得相當嚴重，服刑的年限高得令人咋舌。也就是說現在不可能出獄。那麼可能性還有哪些呢？

他沒有思考太久，也沒有那麼多時間讓他思考了。他在那男人即將脫離他的視線之前跟了上去，同時撥了電話給趙玄罂，要他過來查看診所內的情形。

男子轉進通往郊區的道路，沒有搭乘任何交通工具的跡象，他保持著距離，遙遙跟在後方，即使只靠著本能潛行他也有不被任何人發現的把握。鍾遠川巧妙地將身體藏在黑暗處，在高度的追蹤訓練之下，他的身體機械化地執行著指令，大腦開始分離運轉。

既然那影子使者現在還在服刑，那麼選項一：出現了能夠具現藥物的新影子使者。選項二：正在坐牢的影子使者逃出監獄。選項三：有人與牢獄中的影子使者暗通款曲，巧妙地帶出藥物。可能性估計大約各占10%、15%、75%吧。能夠具現出足以影響影子能力使用者的藥物，除牢獄中的那人無二，也沒有傳出相關逃獄的消息。是情報被壓下來了嗎？如果是像那炸彈狂搞出的事件層級，被政府干涉了情報傳遞也不是不可能的事。

越接近郊區，跟蹤的難度就相對地提高，雖然那個男人一開始就選擇大馬路走，但是卻完全沒有懷疑自己被跟蹤，毫無停歇地走向某個目的地。深夜的路上已經幾乎沒有行人，只有少數的車輛偶爾呼嘯而過，他只能拉開距離，盡量放輕腳步。他們來到一處寂靜的工業廠區，除了少數的民宅之外，幾處大型的鐵皮工廠和倉庫分散地座落。那男子毫無掩飾地走進路旁的鐵皮倉庫，倉庫的大型鐵捲門降下，除此之外的唯一入口就是側面的小門。那男子沒有打開門，只是用那滲透的能力融入倉庫內。鍾遠川謹慎地接近倉庫，找了一處能夠監看內部的窗口並且保持一定的距離。

倉庫內部整理得相當乾淨，天花板上的日光燈全開，將整個空間照映得閃閃發亮。空間中央擺設著沙發床和一張玻璃茶几，立燈和小型冰箱分別位在沙發兩側，所有電器都拉了奇長的延長線連接到倉庫邊角的插座上。那男人走到茶几旁，用桌上的遙控器開啟了工業型的冷氣機，然後取出冰箱裡的葡萄酒和兩只酒杯，彷彿要接待客人似的，非常仔細地準備著。

他打開葡萄酒，往兩只高腳杯中各倒入少許酒汁，然後將其浸入冰筒中。他慢條斯理地搖晃杯內的酒汁清洗整個內緣。

「進來喝一杯吧，我的客人。」他倒掉杯內的酒，正對著朝著窗內看的鍾遠川說道。

被看穿了。他就覺得事有蹊蹺，這個男人並不是裝做沒發現，而只是將計就計罷了。如果是中途被發現一定會露出某些跡象，他一定是預料到必定會有人尾隨他回到這裡，於是非常自然地走他的路，就算沒人跟也毫不吃虧。

「門沒有鎖，請您自己進來吧。」

事已至此也沒有什麼好逃的了，鍾遠川繞到門前走進這空曠的倉庫內。是陷阱的機率姑且就當作五成吧。那男人露出若有似無的笑意，斜持酒杯，將酒緩緩地注入杯中至三分滿，然後將酒杯輕巧地放在對側。

「您來找我有什麼事呢？」那男人拿取自己面前的酒，慢慢地吸入口中。

「我是受人之託，負責監視那診所，如果看見像你這樣鬼鬼祟祟的人就查出到底是誰。」

「真是過分，竟然說我鬼鬼祟祟。我只不過是想拿回屬於我的東西罷了。真要命，東西被拿走的人明明就是我。」他面無表情地說道。

他冷冷地望著那杯酒，猜不透眼前的男人在想些什麼。

「只顧著喝酒，都忘記自我介紹了。那叫什麼來著，因摩陀，我叫因摩陀，請多指教。」

「……我沒有必要告訴你。」他拿起酒杯微微地啜了一口，果香濃烈略帶單寧淡淡的酸，非常醇厚的葡萄酒。鍾遠川微微蹙眉，接著一飲而盡。

「真失禮呢，酒都喝了卻連名字也不願說嗎。」

「反正你的名字八成是假名，我不想用假名騙人。」

「這樣啊，看樣子失禮的人反而是我呢。」

「你到底有什麼目的？」

「剛剛不是說了嗎？我只是想拿回我的東西而已。」

「你的東西是指那個炸彈使者身上的藥嗎？」

「是呀，雖然量不太多，我還是想盡可能地回收哩。那麼，能夠請你們把東西還給我嗎？」

「你以為有那種可能性嗎？」

「果然不行呢。」

「你這種危害人類的敗類說到底就沒資格活著。」

「危害人類？」因摩陀冷笑：「你搞錯了，我喜歡人類啊。不管是好人壞人聖人也好罪人也好凡人也好異人也好常人也好瘋人也好友人也好敵人也好我全都喜歡，我啊，最喜歡的東西就是人類了！如果真的有神，那麼人類就是神最完美的作品啊！能夠同時擁有最高潔的神性和最醜惡的罪行的種族，太完美了！如果人類真的是由神創造的，那麼我一定立刻就皈依宗教，會成為最虔誠的信徒，最勉力的代行者。可惜的是目前還是個未知數，所以我只好以我自己的方式來喜歡所有的人類。」

「我看你只是個瘋子。」

「我並不否認。說起來你也是個影子使者，難道你不覺得不公平嗎？為什麼只有極少數的人類能夠得到如此破格的能力？不論是頭腦的天才還是肉體的天才大抵來說都無法脫離人類的極限，為什麼偏偏是你我能夠成為所謂的影子使者？」

「這個世界本來沒有什麼是公平的。」

「不對！同樣拿著畫筆，有些人能夠畫出足以成為世界遺產的瑰麗畫作，而有些人卻只能畫出三歲小孩都不如的無趣塗鴉。同樣彈奏鋼琴，有些人能夠演奏出震懾人類靈魂的精妙樂章，有些人連照著拍子彈奏出正確的單音都有困難。不過只要經過正確的訓練程序，雖然後者沒有超越前者的可能性，但是他們至少都擁有『能力』。難道還需要我向你解釋其中的差異性嗎。擁有羽翼的人形被稱作天使，能夠驅使影子的我們到底還是不是人類？如果說我有什麼目的的話，那就是讓所有的人踏上相同的立基石。讓所有的人類都成為影子使者是我唯一的夢想。」

鍾遠川漠然地看著眼前這個發表著長篇謬論的男人。

果然是個瘋子。他在心裡暗想。

因摩陀替自己添了酒，像是在補充揮發的唾液般一飲而盡。

「我的夢想……就是鑿開一個洞，連接著這個世界與影世界的洞。這個說法好像哪裡怪怪的似曾相識。總之，我相信所有人類都有能力成為影子使者。」

「就算所有人都成為影子使者，這個世界也不會變得公平，只會陷入長久的混亂而已。」

「混亂是必須的，沒有混亂就不會產生新秩序。每個人天生就有所差異，我所做的不是讓每個人都擁有一樣的能力，我只是想讓大家都能夠插上翅膀成為天使罷了。」

「人類的體制會崩潰。」

「那就不是我能控制的範圍了。這就是人類啊。人們革命獲得自由和理想，人們革命獲得科學和技術，每次的革命都在破壞體制，而無數的人類成為後世的犧牲品，人類的生活則不斷進步，這也是我喜歡人類的地方。」

「聽你的口氣，好像你已經不是人類似的。」

「哈哈哈哈哈哈！」因摩陀狂亂地大笑，連他那張僵硬的臉都遮擋不住他內心的愉悅。

「你，要試試看嗎？」因摩陀倏地站起。全身的氣勢像是換了個人，那並不是殺意，而是至高無上的王者睥睨著屬下的千萬臣民。鍾遠川瞬間被他的氣勢震懾壓倒，不自覺地退後了幾步。

「關於我還是不是人類這件事。」因摩陀跨過茶几，直接來到鍾遠川的眼前。「只要打一場就可以立刻下判斷了吧。我雖然喜歡人類的鬥爭，要親身參與還是覺得非常麻煩，當個旁觀者當然是最理想的選項，雖然很麻煩，不過我會很小心的。」他咧嘴說道：「小心不殺了你。」

直到如此近的距離，鍾遠川才赫然注意到因摩陀胸前的墜飾。

那是被列在最危險的人物檔案中情報最少的一個。他想起當時注意到那份檔案的時候還暗自存疑是放錯了還是惡作劇。那檔案幾近空白，長相也好特徵也好，能力與活動歷史都沒有紀錄。他還記得檔案頁上唯一記錄著的東西就是看起來像是年份日期的數字，但是數字卻是跨越近兩百年。檔案頁的最後用迴紋針夾著附件的複本，一張普通的影印紙上可以清楚地看見複印上去的紙稿痕跡，紙張的邊緣有些破損，即使是複印本也能看出原稿的細緻紋理。

一個勾月狀的圖形就畫在上頭。

他心中一凜。

「怎麼，你不出手嗎?要由我先發動攻勢嗎?」因摩陀貼近他的耳鬢低語。

鍾遠川旋身一擊，掌底屈肘打向因摩陀，因摩陀被他這一擊轟退數步。他趁隙追擊，縱身飛出，瞬止於因摩陀吋前，接著拳腳齊至如暴風，不斷打擊他所知悉的人體要害，頸脈胸骨、心臟肝臟、下腹肱骨、人中咽喉。因摩陀明明只能偶爾抵擋或撥開部分攻擊，卻沒有絲毫受創的跡象，鍾遠川越打越寒，以一記掌底猛擊因摩陀的胸口，力道足以奪取性命，他能感到自己的力量在因摩陀的身體裡撞擊擴散，肋骨碎裂的觸感還清楚地殘留在手上。普通人在這種攻勢之下早已倒下，就算是影子使者遭受到如此攻擊也不可能默不作聲。

一記猛蹴將因摩陀踢飛撞上倉庫邊緣的冷氣機。鍾遠川飛身一躍，足弓撐起，踵心猛跺，以身脊為中心將全身之勢落於身側，肩胛如同巨大的鐵球般撞向因摩陀，將他整個人沉入機身之中。

鍾遠川沒有繼續追擊，退後數步重新調整自己的氣息和態勢。他本以為這一擊就足以讓因摩陀完全倒下，但是眼前的男人卻只是狼狽地緩緩撐起身體。

「這個武技……是八極拳嗎？」因摩陀的身體呈現出某種詭譎的樣子，身體已經不成人形，臉孔也多處扭曲，而他只是拍掉身上的塵土，接著影子覆蓋住他全身，轉眼之間因摩陀的身軀就完全恢復原狀。

看完這幅景象，冷汗已經悄悄地爬滿鍾遠川的額頂。

這男人的能力是修復身體嗎？不，他總覺得有些不同，就算擁有修復能力也不可能在這麼短的時間內完全恢復身體，是在受到攻擊前就持續運作能力？一個幾乎被打到瀕死的人怎麼可能維持能力運作？

好像你已經不是人類似的。

鍾遠川的腦海裡浮現出這句他親口說出的話。

「這種事情怎麼可能……」

「不只是你，連我自己都感到意外啊。」因摩陀將像是藥丸的東西丟入口中細細咀嚼後咕嚕吞下。「雖然東西比不上正版的，不過這時候也只好勉強湊合。」他扭動頸骨和四肢，像是把骨骼重組似的發出劈咖劈咖的聲響。

「你的拳頭打得我真是痛啊，簡直是痛徹心扉。我都已經將痛覺神經遮斷這麼多了竟然還這麼痛，值得誇獎。」因摩陀擺出拳擊架式，「接著就讓我們好好比劃比劃吧。」

拳擊……

八極拳並不是鍾遠川唯一學會的武術，為了單槍匹馬與影子使者戰鬥，他研習了許多的戰技，包含最基本的射擊，短刀戰，巴西柔術、泰拳、拳擊、截拳道和大部分的中國武術，最後他選擇了以古樸剛猛的八極拳作為他主要的格鬥術，在他的攻勢之下，能夠瞬間奪取大部分無防備影子使者的性命。他怎會想到竟有如此的對手？

因摩陀盯著有些陷入混亂的鍾遠川，嗤嗤一笑。他足尖點地，穩定的韻律輕巧地躍動著，左手橫護側腹，右拳勾舉至眼前，接著以驚人的速度衝刺，兩記左刺拳佯攻。鍾遠川以間髮之隙避開他突如奇來的右拳猛擊，然後手臂偏擋數下飛快的刺拳，趁勢鑽入因摩陀懷中，將兩人逼到八極拳的臨界距離。

那是最適合八極拳的格鬥距離。

他迴身撞擊因摩陀試圖破壞他的平衡重心，兩記劈掌直斬因摩陀之頸脈，再以掌擊劈向他的下顎。因摩陀卻像是不痛不癢，一記左鉤拳直擊鍾遠川側身，他勉強流擋撥開，因摩陀的反應卻遠超出他的預料。因摩陀瞬間扭身抽手，身體順勢旋轉然後勾拳結實地直擊正面將鍾遠川狠狠地打倒在地。

「怎麼樣，我的拳也很有勁吧。」因摩陀晃晃他的拳頭。

鍾遠川翻身躍起拉開兩人的距離，感受著臉上的腫熱。

他很少使用他的能力，因為以戰鬥能力來說，他的能力實在是普通至極，但眼前的對手是一個根本無法以格鬥技打倒的男人……不，他根本就已經不是人類了。因摩陀的反應速度和力量，都在吃下那藥丸似的東西後增長不少，再加上即使對他造成傷害他都能瞬間恢復，實在是沒有別的手段了。

必須在這裡打倒這個人。

左手從懷裡掏出葛拉克手槍，一道影子纏上他的右手，巨大的黑色輪轉式手槍出現在他手中並在同時間左手開始瞄準，他一邊退後一邊對著朝著他衝來的因摩陀進行半自動射擊，以三一的節奏節制住因摩陀的猛襲。在轉輪手槍六發射擊完畢之後，必須彈開彈倉進行儀式性的補給動作，在這期間就以葛拉克牽制。子彈穿破因摩陀的衣裝，身體卻依然像沒事似的快速移動。

靠著連續射擊，鍾遠川勉強壓制住因摩陀的前進，但在兩個彈匣三十四發九釐米子彈耗盡之後，因摩陀已經來到他的面前，兩手掐住他的咽喉將他壓制在地。

因摩陀的手腕毫不留情地扼下，將氣管完全束緊，窒息感讓鍾遠川幾乎喪失力量，他勉強地彈開彈倉扣回，將槍口抵住因摩陀的前額進行零距離的射擊。

砰！

因摩陀的頭顱以不可思議的角度後仰，前額卻只是多了一個黑壓壓的窟窿，沒有流血，手腕的力量也完全沒有鬆懈。

砰砰砰砰砰砰！

剩下的子彈全部射進因摩陀的腦袋裡，但是他已經沒有力氣再進行下一輪的攻擊，黑色槍體已經因為意識無法集中而消失。視野開始泛黑，咽喉的鹹味漫至嘴邊，這是他好久沒有嘗到的滋味，瀕臨死亡的滋味。

就在他的意識即將消失之前，空氣突然竄入被鬆開的氣管直達緊縮的肺中。胸口劇烈地痛楚將他拉回現實中，他開始猛烈地咳嗽，鮮血和著唾液被吐出。

因摩陀的雙手離開他的喉嚨，只留下即將轉為紫青的鮮紅手印，他站起來，表情已經沒有戰鬥時的愉悅，只是陰沉得恐怖。

「真要命，」他瞪著還在不停咳嗽的鍾遠川，陰鬱地說道：「再玩下去就過火了。」

「為什麼……不殺我？」鍾遠川用他受傷的喉嚨低啞地問。

「我不想殺人。」

庫門。

「真是……天……真。」鍾遠川奮力爬起，撿回彈藥用罄的葛拉克手槍，緩緩地步向

「最後我想……問你一個問題，」在離開之前，鍾遠川靠在門邊問道。

因摩陀沒有回應。

「如果到最後……你發現……並不是如你所想的，人類都能驅使影子……那你又會怎麼做？」

「真是可惜了這葡萄酒。」因摩陀只是看著因為打鬥碎裂在地上的高腳杯和半破的葡萄酒瓶，酒汁將地面染得殷紅一片。

鍾遠川沒有等到答案，悻然轉身離去。

坐在沙發床上的因摩陀彎身拾起破損的酒瓶，將瓶內剩餘的酒盡數倒入口中。

「那時候，我會將所有的影子使者全都殺盡。」

他喃喃說道。

ch9.

巨人與銅板

睽違數日，我總算出院離開那氣氛歡樂的奇妙診所回到自己的房間，我深深吸了口氣，果然還是這裡最適合我。在病床上躺了三天，身體已經大致恢復，但是好像因為在床上躺了太久所以稍微活動一下就覺得累。我把穿過的衣物丟進洗衣機內，進浴室好好洗澡，然後回到自己的房間裡。

直到我出院為止，那個智障還是沒有甦醒的跡象，身上沒有證明文件所以也不知道他的身分。

算了，不想那個白痴也罷。我坐到桌前打開電腦連接上網路，登入好幾天沒碰的線上遊戲，公會裡正在線上的成員和好友紛紛向我打招呼表示關心。唉，我一一回應之後接受邀請邁入副本內進行遊戲。暮綾姊替我向學校請了整整一週的病假，至少本週可以好好休息玩遊戲。

……我總覺得好像忘了什麼事情。

沒錯，有什麼東西正在我的腦中輕輕地搔癢，明明就快想起來了，記憶卻只是在大腦內側輕飄飄地刮著怎麼樣都想不起來。我想每個人應該都有類似的經驗吧。越想要找到某個東西就越找不著，越想要想起什麼事情就越想不起來，當你逐漸忘了這件事情的時候，它就會惡作劇似地從你的腦海中蹦出來，而且原因往往簡單得令人發噱。

我勉強結束了遊戲中的副本任務，將角色掛在遊戲中，然後趴到床上。這兩天睡得太多，這個時間完全沒有睡意，我調整了習慣的姿勢開始回想這兩天的記憶。

我肯定是忘記了某個部分。

「出來吧，別再躲了。」我喃喃說道。橫出的右手向著對側的書櫃，除此之外什麼也沒有。胸口彷彿還記得某種觸感似地，呼吸開始困難起來。

一個全身泛著奇妙金屬色彩的「東西」突然從地面的影子中浮出。

我被眼前的景象嚇了一大跳，身體緊緊貼著牆壁。

那東西看起來是個人形物體，像是動畫中會出現的機器人一樣全身覆蓋著盔甲，盔甲關節處由無數的齒輪連接緩緩運轉著。窗外的光線映在它身上，如甲蟲般的七彩金屬顏色散發在它四周，隨著光影變化而灼灼發光，一個巨大的發條裝置存在它的胸前閃著青光嗡嗡轉鳴。它臉上戴著鐵面具，兩道縫隙十字交錯像是漫畫草圖的人臉般畫過，藍白色的焰光從那縫隙中透出，彷彿活物般燃燒。

「……你是什麼東西？」我一臉痴呆地問道。

那金屬巨人身高幾乎要頂到天花板，頭低下來看著我。

「你竟然記得我。」

「記得你……你什麼？」

「你呼喚我。」

其實我只是試著喊喊看而已……

他好像洞悉了我的想法，沉默了半晌才說：「身為寄宿者或許不應該這麼說，不過你比我所想的還要聰明。」他轉動機關手指指著我。那聲音低壓壓的好像是從遠方傳來的雷聲一樣。它看起來好像有點氣餒，搖頭晃腦將雙手托在胸前。

「掩飾了你的記憶真是失禮了。」他說話的聲音直傳到我心中，連身體都微微震動。我想起那晚的記憶，想起那個自稱卓久樂而被他稱作因摩陀的男人的身影。想起他從牆中緩緩滲出與我說的話，將手臂按入我的胸中。想起它的手臂從我的身體裡竄出將因摩陀的手掌捏得扭曲而那男人卻悄悄離去。

想起最後他掩過我的眼睛，令我陷入沉睡。

「原來你就是……」我心中的狐疑很快就消失無蹤。

「是的，我就是寄宿在你身上的影子。」

「寄宿？你不就是我的影子嗎？」

「那種說法並不完全正確，我是被你的能力吸引而來，藉著你的能力存在於這個世界上。但這並不代表我是你的。」

他是我第一次看到對著我侃侃而談的影子，說起來我實際看過的「影子」，我努力地回想了一下，也只有梅杜莎、小明變身而成追著我打的黑色招潮蟹怪物、那個人渣亂丟的炸彈而已。其中跟他最像的大概只有梅杜莎吧？趙玄罌也跟我提過「影子」具有各種型態，有意識型有具現型之類的，但是他可沒說過有寄宿的。或許他跟梅杜莎是一樣的意識型？

巨人指著他的胸口，那閃著熾熱藍光的發條核心中央，存在著一團看起來正不停旋轉的黑色塊狀結晶，藍光填滿了發條的間隙，穩穩驅動著發條，然後以那發條為中心點，微弱的滴答聲在他身體中留下殘響。

「你應該能看見中間的黑色塊狀物。」

我點點頭。

「那是我從你體內擷取的暗能量結晶。我必須藉助寄宿者吸收的能量才能運作。」

「吸收能量？我的能力不是變強壯嗎？」

「變強壯？是的，你可以藉著吸收能量來瞬間增強你的身體力量，包含肌肉強度、神經反應、恢復力等。我是被你的能力吸引而來，從你吸收而來的能量擷取一小部分作為能源使用。你身體裡的能量結晶很特別，只要一點點就足夠維持我的活動力。」

「你的意思是我很厲害？」

「不，只是你的能量結晶質量非常高，對於我的能力來說相性很好，但是如果單純用在讓我活動，那就非常浪費。而且你的身體所能儲存的量並不多。」

「你的能力是什麼？」

他猶豫了一下，看起來不是很想回答這個問題。

「我能夠調整事件發生的機率……在條件足夠的情況下。然後藉由你體內的能量，即使條件不足，我也能將實現的概率提升到最高或降至最低。」

聽起來好像有點強啊。

「但是，」

來了，據說但是之前的通常都是廢話。

「就算條件充足你也供給了足夠的能量，在牽涉範圍過大的情況下我干涉失敗的機率也會隨之升高。」

我的臉上一定是露出了完全聽不懂的表情。

「那個女孩，曾經使用過拉普拉斯的能力讓你看，用擲銅板的方式。其實以某種角度來說我也能辦到。」一枚銅板從我的書桌飛到它手中，他旋轉銅板交給我。「擲吧。」

我從它手中接過銅板。

「正面。」在我彈起銅板的前一剎那它開口。銅板落下，正面。

「繼續，正面。」我又彈了一次，落下，正面。

「正面。」「正面。」「正面。」「正面。」「正面。」「正面。」「正面。」「正面。」

「正面。」「正面。」「正面。」「正面。」「正面。」「正面。」

……我停止投擲銅板。

「不繼續嗎？」

「我看還是算了。」

「這並不難辦到，因為只是極為單純的兩面事件罷了，非正即反，調整的範圍也僅限於你手中，對我來說很容易。越複雜的事件所要耗費的能量就越大，以你體內所儲存的量來說，大約能夠發動兩次的『絕對實現』。」

「『絕對實現』？那是什麼意思？」

「也就是能夠暫時將特定事件的發生概率提升到最大值。」

「是可以實現任何事的意思嗎？」

「可以這麼說，但是成功率會隨著牽涉範圍而下降。只要這個事件所影響的層面越廣，相對地就會壓抑住我的力量，雖然我能夠調整機率，但是想要對抗因果還是相當困難。」

聽起來好像很強又有點沒用，感覺上就像是只要命中就能夠秒殺敵人的必殺技，命中率卻只有百分之十一樣。

「你好像很不願意我知道你的能力。」

「前任的宿主告訴我，這個力量太強大，如果被人濫用會影響到這個世界的的秩序。所以……」

「所以你就用我的力量來掩飾，讓我不察覺到你的存在。」

「……作為補償，我有稍微幫你一點，像是考試的分數之類的。」

「原來那是你搞的鬼……我就覺得明明很多答案都是猜的，猜中的比例卻高得不像樣，而且猜題也猜得很準……這麼說來，我在戰鬥中沒受到什麼傷，也是你在暗中掩護我嗎？」

「是的，因為不是針對性的攻擊，那種程度對我來說還算輕鬆。」

「不過你隱瞞我這麼久，不應該多做點補償嗎？」我試探性地問。

他的臉上完全看不出情緒起伏，但是從它的說話方式聽起來似乎是個滿好的傢伙。

「這……你想怎麼補償？」

「告訴我你的前任宿主是個什麼樣的人。」

「他是個很棒的人類。」它停頓了一下才繼續說。

「強大又無瑕，刺眼到我無法直視。你們兩個的天賦都很強，雖然類型相同，但是儲存能量的方式卻正好完全相反。相對於你的能力，他可以儲存極大的暗能量在身體裡，而且可以在戰鬥的同時供給我大量的能量。

那個時代的影子使者——你們是這麼稱呼的吧——沒有現在這麼多，但是他的力量依然是我見過最強大的使者。他可以將體內的能量轉換成各種能源形式，例如熱能或是電流投射而出，不過他還是喜歡直接以能量塊進行打擊。雖然純淨度和質量比不上你，但是就量來說，完全可以彌補質量上的不足。用你們的比喻法，就像是工匠仔細切削而成的精緻寶石和整個原石礦脈一樣。他經常供給我大量的能源在前線戰鬥，而他則在後方投擲能量束。這種戰鬥方式可以輕易地擊潰任何的敵人。

就算是那天晚上侵入你體內的那個男人也沒辦法撐過他的一輪攻擊。他很熱心地教了我許多關於人類社會中的事情，像是對待夥伴一樣對待我，像是對待人類一樣對待我。我跟他一起經歷了無數的戰鬥，但最後還是不敵衰老。他一次也沒有使用過我的能力，只在最後釋放我的時候告訴我得要謹慎地觀察宿主。

「你認識那天晚上出現的男人嗎?」

「是的,雖然只有見過一面。他在一場戰鬥中被我的宿主暫時性地消滅了。現在能夠完全壓制他的人可能已經不存在了吧。雖然我不知道他的能力實體到底是什麼,但是一般的使者是沒辦法打倒他的,除非擁有能夠在瞬間將他蒸發消滅的破壞力,不然那個人可以近乎不滅地存在這個世界上。」

「你之前的宿主,真的那麼強嗎?」

「毫無疑問。」

「是嗎……那你是怎麼評價我的?」

「你的體內雖然蘊含著相當精粹的能源塊,但是以能力的本質而言並不算特別出色。你的能力與前任宿主不同,雖然他也可以供給我能量調整機率,但是要達到『絕對實現』是不可能的。驅動我對他來說沒什麼,但卻會快速地耗損的你體內的能源,如果隱藏在你體內以我的能力來輔助你,我想會比較好。」

「輔助我?可是你說過不能濫用。」

「以你現在面臨的情況不用也不行了。因摩陀那個男人太過危險,如果他對你抱持著什麼惡意,無論如何我都會盡我的能力來幫助你。」

「謝謝。」我有點不好意思起來。

「那是身為寄宿者的我應該做的事。還有，我聽了茱妮卡小姐跟你說的話，以我的理解，她似乎弄錯了什麼事。這件情報非常重要，我想請你轉告她，她有必要知道。我本來是想讓她自己察覺，不過遇上了點困難。」

「你不親口跟她說嗎？」

「也可以，但是我現在必須暫停活動讓你體內消耗的能量恢復，所以就先跟你說個大概吧。拉普拉斯──她的寄宿者跟我一樣，是必須依存著宿主身上的某些能力特質來活動的。拉普拉斯的確是知曉世界運作的規則，但是她本身並沒有計算的能力。我料想她可能是藉著茱妮卡小姐的腦部活動來進行能力的運作。或許會對茱尼卡小姐的身體帶來一些負擔也說不定。」

「我明白了。」

「那麼，我該暫時退下了。」

「對了，我該怎麼稱呼你？」

「吾名夸特恩。」他留下一個名字，身上的絢爛色彩逐漸褪去，與現實的界限開始模糊，然後逐漸消失化入地面的陰影。

我有些恍惚地看著地面上留下的斜陽光影，走到廚房倒了杯水喝掉。夏末的餘暉依然明亮，暮蟬在生命的最後時光傾力鳴唱，音調卻略感悽涼。

不要誤會，吊了兩天點滴和吃了整天的流質食物之後，不管是誰的胃都會感到如此惆帳，於是我決定做點豐盛的晚餐來祭五臟廟。我原本是這樣打算，不過打開冰箱之後裡面根本沒什麼東西。真是的、她們兩人到底在我住院的時候，是靠什麼什麼東西過活的啊？我怒火中燒地把剩下來的材料拿出來，勉強做成落魄大雜燴，然後稀哩呼嚕地全部吃掉，就在緊縮已久的胃鼓鼓撐起之時，我聽見鑰匙竄進鎖孔中的聲音。

茉妮卡‧雪菲爾依然穿著那身簡潔樸素的正統女僕裝扮，雖然說樸素是很樸素，不過在亞洲國家會穿著這種女僕裝扮上街的大概也只有日本吧……不過聽說最近女僕咖啡店還滿盛行的。

她手上抱著超市的大型塑膠袋，裡頭塞滿了大量的生鮮食材。

「妳……就穿這樣去買東西？」

「咦？有什麼不對嗎？」茉妮卡放下手邊的東西，一臉疑惑地看著我。

「我之前不就要妳換穿普通衣服了嗎。一般人是不會穿著那種衣服在大街上晃來晃去的，更不用說是去買東西了。」

「嗯？可是這衣服明明就很正式啊。」

到底是哪裡正式了啊！請稍微考慮一下國情好嗎？

「明明是可以穿著工作的制服卻不能上街去買東西，真是奇怪。」

雪菲爾小姐啊！妳難道沒有感受到投射在妳身上那尖銳的視線嗎？

「暮綾姊說你看到空空的冰箱會很生氣，所以下班順路，我就把該補充的東西都買回來了。」

「可惜妳晚了一步……我已經生完氣了。」我幫她把袋子裡的東西一一分類收進冰箱，然後茉妮卡挑出一些材料開始準備晚餐。

「所以妳真的決定要在趙玄罌那裡工作？」

「嗯，工作滿輕鬆的而且大家都對我很好。重、點、是，那邊的紅茶種類真是太豐富了啊啊！」她雙手捧著臉頰，邊說眼角邊閃出爍爍星光。我決定略過食物的話題直接進行衝鋒。

「茉妮卡。」

「怎麼了？突然用那種語氣……」

「是關於妳的能力的事，梅杜莎她，其實不能進行未來的計算吧。」

「是嗎？」她喚出梅杜莎，兩個人開始在那邊竊竊私語，不過實際上我也聽不到梅杜莎的聲音。

「真的耶！」她不知道在興奮什麼。

「妳現在才發現是怎樣啊！」

「梅杜莎不會主動跟我說話嘛，必須要由我來提問才行。」她邊說邊點頭。「真沒想到竟然是這麼回事，你是怎麼發現的？」

「…………」

我猶豫了一下還是沒說出口。

「小氣！反正一定也是用能力知道的！人家什麼都告訴你了你竟然不說，不公平啦！」她鼓起臉氣呼呼地說。

我拗不過她的追問，只好將我跟夸特恩之間的對話簡單交代一下。

「哇！聽起來就是很厲害的樣子。」

「是這樣子嗎？」我倒是覺得可以預測未來的能力才叫犯規吧。「話說回來，既然梅杜莎沒辦法計算，那到底是怎麼預測未來的？」

「應該是用我的大腦，我可以用能力增強我的大腦運作，當我要梅杜莎進行計算之後，大腦就會本能地與梅杜莎建立聯繫，然後由梅杜莎來進行計算。我本來以為那都是梅杜莎自己的能力的說……」

「那樣不是很好嗎？表示妳的頭腦很好。」

「才不好呢！梅杜莎說未來計算其實對我的腦部負擔很大，而且如果在連線過程中遭到攻擊，訊息也會傳到我的大腦。」

「啊！所以那個時候妳才會暈倒！」

「什麼時候？你是說被……那個奇怪的影子追的那次嗎？」她奇妙地頓了一下。

「可是妳不是說只要有建立精神連結，影子受到的攻擊也會影響使者嗎？」

「是這樣沒錯啊，使者跟影子是相互連結的，但是我這種情況感覺又不太一樣。我也是第一次因為梅杜莎被攻擊而昏倒啊。」

「唉……」

「唉……你唉什麼啊！」

「我只是覺得很麻煩，以後又不知道會發生什麼事。」

「別氣餒嘛，還有我在你身邊啊。」茉妮卡說完搔首弄姿了一下，展露她包得緊緊的姣好身段。

「就是妳把我扯進來的啦！」氣死人。

「啊哈哈哈。別這麼生氣嘛，今天我來作飯，你就好好休息吧。」她捲起袖子一副準備大展身手的樣子。

「我早就吃飽了，妳還是先準備妳跟暮綾姊的份吧。」

我忽略她那有點哀怨的表情逕自走到客廳看電視，新聞報導還在繼續播報著爆炸事件的後續消息，我提起精神稍微看了一會兒，突然想到那個廢材炸彈狂的事。

「對了，那個炸彈超人現在怎麼樣了？」我對茉妮卡問道。

「炸彈超人？」

「就是那個拿炸彈亂丟的智障啦！」

「噢……玄罌好像想把他交給宵影處理。他到現在還沒醒呢。」

我不置可否地點點頭，反正只要離得越遠越好，其他不關我的事。

新聞來到下一則，主播歪著嘴不停地講述警方查緝到的新型毒品正在黑市裡面流通，然後受訪的警方認為這新型毒品可能與隨機恐怖爆炸案有關……

「不是開玩笑吧……」我聽了冷汗直流，想起那個智障身上的藥……

ch10.

圈套與長者

少女赤著身子站在浴室內，她烏黑的長髮蘊著汩汩流下的熱水滑落纖細的身體，在蓮蓬頭沖落的熱流下，少女仔細地用手指解開頭髮纏繞打結的部分。她旋緊龍頭關閉水流，用手掌輕輕束著頭髮將多餘的水分擠出，然後甩到身後。

她聽見外頭隱隱傳來電話聲響，但卻好像沒聽見似的，不慌不忙地用浴巾慢慢擦拭身體，再用一條毛巾裹住長髮暫時盤在頭上。

電話不停地響著，她步出浴室外靜靜地等著電話轉為語音答錄。電話鈴聲戛然而止，她看見燈號轉換為語音留言。電話沒有響起預錄的語音，只是直接嘟了一聲轉入留話模式，是略帶風霜的中年男性嗓音。

「子園啊，是我，如果妳在的話可以接電話嗎？」聲音停止，比先前的電話鈴聲還要漫長的沉默降臨，空氣中只傳來帶著電流聲的，男人沉重的呼吸，那男人很有耐心地等著，等著。然後她伸手揭起話筒。

「什麼事？」被稱為子園的少女淡淡地說。

「子園啊，」男人的聲音聽起來很開心，「我有一件事想請妳幫忙，妳能到我這裡來一趟嗎？」

「有什麼事情不能用電話說就好了嗎？」

「這……用電話說不清楚，是關於『那邊』的事。」

「你不是答應過我，不再管那邊的事情嗎？」

「是過去的部下請我幫忙呀，雖然我已經隱退了，總不能連過去的情誼都不顧吧。」

「藉口。」

「唉……我只是問問，妳不高興的話我就……」

「有酬勞嗎？」

「啊？」

「我是說，幫忙你這件事有酬勞嗎？」

「當然、當然。」男子喜出望外地說：「只要妳肯過來談談，酬勞絕對不是問題。」

「知道了。」少女用結束對話的口氣說。

「等一下，那個孩子……妳會帶彥丞過來嗎？」

「你要我帶他過去嗎？」

「如果可以的話，你們不是工作夥伴嗎？」

「知道了。等我一個半小時左右吧。」這次少女沒有再給男人說話的時間，輕輕地切斷通話。

少女解開頭上的毛巾，讓長髮自然洩下，她先用毛巾仔細地吸乾頭髮上的水分，再用吹風機一絲不苟地烘乾。反正離李彥丞放學還有一段時間，她也就樂得好好處理她這頭髮。

她緩慢地用一把古舊的日式木櫛梳理頭髮，從頭皮小心地梳起，一路順至髮梢，然後重複這個動作十數次，沒有遺漏掉任何一根頭髮。她將梳理好的頭髮披在身後，烏黑的直髮像是絲般滑順，有如墨色的綢緞所拼成一般華麗地散落。確認過身體和頭髮已經完全乾了，少女穿上乾淨的內衣，從衣櫃裡拿出全黑的連身騎士衣穿上將拉鍊拉至頸前。她用雙手將頭髮抽出，然後簡單地盤在頭上，穿上黑色的騎士長靴和黑色手套，拿了擺在門口的黑色全罩式安全帽和另一頂輕便型安全帽，除了脖子以上露出的白淨臉孔之外，纖細的身體宛若黑影。

她離開房間，下樓來到地面，一輛不知何時出現的漆黑杜卡迪 Monster 停駐在路旁，迎合著少女的行進。子凮戴上黑色安全帽，在跨上機車的同時引擎瞬間啟動，發出懾人的轟轟爆音。她輕拉離合器，踩動換檔撥桿，微微催動油門，黑色的軀體與顫動的車身合而為一驅馳而出。

高速拉轉狂嘯的引擎轉眼間就移動到李彥丞就讀的高中校門前，其實這所學校也是她的母校，同時他們也是在這所學校相識。

現在想起她第一次在學校裡遇見李彥丞的那個樣子就想笑，制服穿得歪七扭八，頭髮挑染成金色，滿臉橫氣。在見過他本人之前子凮就已經聽聞過他的臭名。

除了殺人放火之外的壞事應該是都幹遍了，從中學時代開始就四處與人打架，一直打到變成各個中學的老大，甚至以下犯上打到高中來。打架的方式既殘酷又惡毒，挑戰過他的人無一不被摧殘到靈魂深處再起不能。直到被地方黑道壓制後才沉寂了一段時間，等到傷好了之後，已經是升上高中的時候了。

會在這所學校看見他，子圉自己也滿意外的，雖然這所私立高中不是非常難考，也不是隨隨便便什麼人都可以進來讀的學校。

入學的時候似乎有被仔細地警告過，校方也盯得緊緊的，所以沒有在校內引發暴力事件，上課也還算安分。不過還是在校外受不了別人的挑釁打了幾架，手法倒是收斂了不少。

老實說，翁子圉自己是滿欣賞他的打架方式，殘酷、瘋狂，彷彿每一拳都在耗損別人的靈魂般帶著惡意，那股單純地想要破壞他人的惡意。

看過他的戰鬥法之後，她就非常想要將他收入麾下——那時候的她，也是個不遑多讓的飆車族頭目，只不過沒有李彥丞這麼高調。

想起太多不堪回首的記憶了，她心想。

離放學時間已經有段時間，李彥丞總是在學校的人類走光之後才會出現，她拿下安全帽，身體靠著摩托車耐心地等著李彥丞。

直到西方的斜陽變得血紅，李彥丞才慢吞吞地走出校門，然後橫越馬路朝著她走過來。

「怎麼了，今天不是沒事嗎？」

「受人之託，帶你去一個地方。」她將準備好的安全帽交給李彥丞。

「去哪？」李彥丞皺起眉頭。

「我家，」子圉不太情願地撇撇嘴：「應該說是我的老家。」

「去妳家幹嘛？」李彥丞帶好安全帽，跨上後座。

「別問那麼多，我也不知道。」

他們橫越城鎮來到外圍一處靜謐的住宅區，黑色的杜卡迪好像一頭挾著災厄的不速之獸駛入這個區域，偶遇的路人用厭惡的眼光看著他們，早已習慣這種眼光的兩人也只能一律無視，子圉降低速度，轉入一條巷子停在獨門獨院的舊式大宅第前。

子圉按下電鈴之後鐵門便應聲而開。

住宅本身是日治時期留下的雙層洋房，外表古樸而細緻，省去了多餘的裝飾雕琢，灰白的結構體附帶著工匠良好的修整痕跡，窗櫺是深色的高級木製品，大門以厚重的木頭和金屬鑲合而成，帶著主人堅定的意志存在著。窗臺的爬藤沿著牆壁絲絲蔓下，旁邊的庭院擺著精緻的盆栽花卉，幾棵白樺種在平坦的草皮上，伴隨著幾處刻意培植的花圃，室內的鵝黃色光源從建築側面的落地窗透出，在向晚的夏日餘暉下，配著簷廊和木製的躺椅，讓人能夠體會到主人的用心。

摩托車壓過踏石停放在一輛舊型的賓士轎車旁，兩人走到那令人望而生畏的大門之前，昏黃的感應燈自動亮起，門旁並沒有電鈴，只是裝著沉重的銅製獸環，一顆不知道是什麼動物的獸頭嘴裡銜著金屬環。翁子圉按著獸環拍著大門，過沒多久，一個白髮蒼蒼圍著圍裙的老婦人便打開了門。

「何媽，好久不見了。」子圉溫柔地寒暄，李彥丞站在一旁凝著臉。

「小姐，快進來進來讓老嬤子看看。」老婦人用濃厚的外省腔調喃喃唸著，用手挽著子圉的手臂。

「還是第一次看見妳這個樣子。」李彥丞湊到她耳邊悄聲說道。

「你給我閉嘴！」子圉帶著淡淡的微笑看著老婦人，然後用她耳朵聽不見的音量警告他。

何媽拉著子圉就想進去。

「我得先脫鞋呢何媽。」

何媽點頭稱是，然後喜孜孜地走到屋子裡，嘴裡不知道在叨唸些什麼。

他們在玄關脫下鞋，踏上厚實的木地板。

宅子裡裝潢簡單，大多的傢俱都是帶著中國味的古風木製品，客廳擺著一臺大型的映像管電視機，占據整面牆壁的大型書櫃，裝著一大堆線裝書和厚重的經典書目，空間的迴轉角落，擺著看起來像是骨董的大型花瓶，裡頭裝飾著枝條，淡綠的花苞還留在上頭。空氣裡漫著木頭和植物的氣味，以及淡淡的菜餚香氣。

一個年過半百的男人從走廊出現，身上穿著褐色的短袖襯衫和德國西裝褲。他身材健壯，小腹突起，臉上的鬍髭修剪整齊，身高不高但是胸肩寬厚，兩手背在身後，灰白的眉毛下是一對嚴厲的眼睛，但是視線一對向翁子圉就軟了下來。

李彥丞一看見翁老就全身直挺，緊張兮兮地望向翁子圉。

「快坐快坐，年輕人別太拘束。」翁老哈哈一笑，朝他們揮手走來。

「妳跟翁老認識？」彥丞忍不住偷偷問道。

「……他是我父親。」

彥丞呆了半晌，直到翁老的手掌拍在他肩上才回過神來，他將呆滯的李彥丞推到椅子上坐下，「子園妳也坐啊。」

翁子園默默地坐在彥丞身旁，老人則倚著單人獨座坐下。何媽端著整組的中式茶具過來，連著一大堆茶點放下。

「今天就留下來吃飯？」老人問道。

「……好。」少女點頭。

「好好好！何姊，今晚多做點菜，多擺兩雙碗筷。」老婦人滿心歡喜地走開。翁老接手開始泡起茶來，屋子內頓時茶香四溢。

「談正事吧。」翁老用熱茶水洗過茶盤和茗杯，然後朝著三人的杯裡注入清黃的茶湯。老人放下茶壺，從胸前的口袋拿出一個小小的夾鏈袋，裡面裝著兩顆黑漆漆的藥丸或是膠囊。

「我想你們幫我查查到底是誰在賣這個東西。」

「這是什麼？」子園問道。

「我也不曉得，鴉片丸子吧。一群年青人吃過這東西之後就瘋了，又癲又狂，整天嚷著不知道看見什麼東西。我知道我以前的手下他們是不碰這種東西的，如果是吃以前那些白粉還是普通的藥丸子趕了出去倒也了事，問題是這東西沒這麼簡單。那些人帶著這些夭壽的鬼東西來侵門踏戶，實在太超過。」老人邊說邊幫他們添入下一輪茶水。

「怎麼樣，這茶喝得還習慣吧。」

李彥丞尷尬地點點頭，雖然他不懂品茶，仍然喝得出茶中的香氣，絕對不是普通的貨色。

「就算是這樣，也用不著找我們吧。你的人難道就查不出什麼東西？」

「情報當然是有啦，只是這麼下去就是全面開戰了，是打仗吶，到時候可不是出個幾條人命就可以解決的。聽說那些傢伙都不簡單吶。所以啦，我是想請你們暗中調查，看能不能找出到底是誰在這個城裡賣這種害人的東西。」

「多少錢？」子園環指成圈。

「現在的懸賞是二百萬，然後我個人再出一百萬。」

「雖然數目不大，但是怎麼會連一個願意出賣情報的人都沒有？」

「恐怕是那藥的關係吧。」

「具體來說呢，你要我們從哪裡著手？」

翁老拿出一張名片，白色的厚紙上銘著清晰而簡潔的字體，只有名字住址和電話，沒有任何多餘的圖飾。

「去找這個人，他會跟你們交代一些比較清楚的線索。」

子菌接過名片，看了一眼然後連同裝著藥丸的夾鍊袋收進騎士服的暗袋。老人的視線轉到彥丞身上，用慈藹的目光看著彥丞。

「我們多久沒見面了，彥丞？」

「從我上高中以來……兩年左右了吧。」

「是嗎，從那孩子畢業開始做起自己的生意之後我就一直很擔心啊，直到我知道是你跟在她身邊。」

子菌倏地站起來，臉上浮起淡淡的嫣紅。「如果要聽你說這些，那我還是去幫何媽算了。」然後轉身走到廚房去。

「子菌的個性就是這樣，這也怨不得她，是我做了壞榜樣給她。我老了，管不動這女孩了，從她高中離開家裡開始就淨是幹些不得了的事情，我也知道她是想逼我隱退才變成這樣，但我總是為人父者啊。」翁老嘆了口氣。

「我明白，翁老。」李彥丞記憶裡的那個嚴厲的老人現在已經不在了，如今眼前只是個普通的慈父。

「老鼠的孩子還是免不了要打洞，子菌從小在我身邊耳濡目染，變得太習慣這種處事方法。在這個社會打滾不只是需要狠勁，天分更重要，沒有才能的人是沒辦法像她一樣靠這種工作過活的。雖然我知道她的能耐，但是她畢竟還是個女孩子，有你在她身邊我就安心多了。你可別辜負我的期望噢？」老人拍著彥丞的肩膀。

「是的……晚輩知道了。」彥丞平時的狂氣完全消失，挺直了腰桿，變得拘謹起來。

「吃飯了——」翁子園的聲音從餐廳傳來，老人趕緊拉著李彥丞走到餐廳。

飯菜擺滿了整桌，雖不上大魚大肉，菜色的豐富程度也絕對不是四個人用餐的分量。子園手上捧著一大鍋羹湯，擺在餐桌的中央，周圍還圍著六、七道菜色，晶白的米飯堆得像座小山。

「能吃多少就吃多少吧，何媽費心做的菜可別浪費。」翁子園坐在彥丞身旁，悄聲說道。

他們兩人坐在主位的右手邊，何媽坐在左側，而翁老則理所當然地坐在主位上拚命給兩人挾菜，尤其是李彥丞的飯碗從頭到尾完全沒空過，彷彿是再怎麼吃都不會減少的聚寶盆似的。

「就當老人家餵孫子，多吃點。」子園吃沒多少就放下筷子，有一搭沒一搭地跟何媽閒聊，留下彥丞一人孤軍奮鬥，但是再怎麼吃還是剩下不少。到最後只能棄械投降。

吃完飯後，兩人並沒有多待，簡單打過招呼之後兩人就離開屋子。

「真是的，之前根本就沒聽妳說過這件事啊。害我如坐針氈，吃個飯吃到全身冷汗。」

「我怎麼知道你會鈍成這樣，連他是我爸爸都沒發現。你第一次見我爸的時候我還看過你呢！」

「是嗎……現在要怎麼辦？要直接去找名片上那個人嗎？」彥丞急忙轉過話題。

「我看還是明天吧，在這裡耗太久了。而且我也沒準備東西，如果有什麼突發情況就糟了。」

「突發情況，妳說我？」李彥丞邪邪一笑。

「你不要太自信，感覺這東西不簡單。你還記得我們從醫院救出來的那兩個人吧，其中一個不就在吃這東西嗎？」

經子圉這麼一說，李彥丞才想起的確是有這麼回事。那個學弟似乎跟學校請了假，好幾天都沒看到他了。

「上車吧，我送你回去。」少女戴著安全帽催起油門，排氣管的爆響震動夜空。

ch11.
自白與告白

我仰頭望著這棟高聳入天的高級公寓大廈，配合著順勢而下的陽光令人目眩不已。在暮綾姊跟茱妮卡經過一番討論之後，茱妮卡決定在附近另找住所，於是在暮綾姊的穿針引線和沒有預算上限的情況下，茱妮卡決定搬到這棟高級公寓，而且非常恰巧的是，這裡距離月樓走路還不用三分鐘，可以說是地點絕佳。

拖著兩大箱行李在大太陽下走了這麼一段路，汗水早就爬滿全身，像是跳到河裡游泳似的全身濕透。茱妮卡戴著一頂遮陽帽，只背著一小包隨身行李，像個沒事人似的自顧自地走。

好不容易踏進大廳內，強力空調瞬間降低了身體的疲勞感，全身汗水涔涔的我身體反而有些發冷。茱妮卡取出感應扣，我們搭上電梯直達二十樓。茱妮卡租的公寓位於東南側，採光好視野又佳，租金自然是令人咋舌，雖然茱妮卡並不缺錢，不過聽說暮綾姊似乎好好斡旋了一番，以相當「合理」的價格承租下來。

我一口氣將行李箱搬進屋裡，裡面只有配置著簡單的傢俱和一個空蕩蕩的書架，玄關旁邊擺著兩個航空貨運的巨大紙箱，裡面塞滿了厚重的原文書籍，想必也是費了貨運公司好一番功夫。

公寓內部非常地大，整個房間內鋪滿耀眼的木質地板，豪華的廚房附帶廚具和一個巨大的中島吧檯，桌面的大理石閃閃發亮，嶄新的巨大七門冰箱聳立在一旁，表面亮得像面鏡子。

二十樓的高度，在這個住宅區裡頭可以將所有的景觀盡收眼底。因為大部分的土地都還沒有經過整合，這裡多數都是矮小的自用住宅，這棟大型的豪華公寓算是第一個在這裡蓋起來的集合住宅，因此視線上完全沒有任何阻礙，可以盡情地俯瞰整個城鎮。

「本來是想來這裡再重新買的，不過有些書這裡也買不到，只好整個託運過來。」茉妮卡解釋道。

她一邊解開她的行李箱，一邊指揮我如何把那些書分類在書架上整理好。那些書像是玩俄羅斯方塊一樣塞得毫無隙縫，收納功力可說堪稱一絕，連把手指插進書之間都相當困難。費了好大的勁好不容易才抽出一本來。我依照她的指示將書分門別類放上書架。

「妳帶著這麼多書來這裡到底要幹嘛啊？」

「這些都是我的寶貝耶，身為歷史的研究者，帶著這麼多書也是很合理的。」

一點都不合理。不過我懶得吐槽了。

我隨手翻了幾本書，都是密密麻麻的字母文，沒有一本是我能看懂的。其中不乏有英文以外的語言，但是我也分不出來到底是什麼國家歪來扭去的文字。手抄本和影印資料也不少，有些抄本甚至一拿起來就散開了。加上其餘的資料，從頭到尾花了整整兩個小時才整理好。

處理完畢後，那兩大箱的文書資料還正好全塞滿了書架，我幫忙把看起來有點搖搖欲墜的書架固定在牆壁上，好不容易才結束掉。

我們將多餘的垃圾處理完，茉妮卡提議以客人的身分到月樓去喝茶。

「我請客！」她這樣說。

「月樓嗎……」我知道早晚都要過去一趟，但是一時之間還真的沒有什麼心理準備。那次在醫院見到小明之後她就再也沒來過了，雖然知道是玄嚳哥下了禁令要她暫時別來找我，心裡的疙瘩還是沒有那麼容易消除。茉妮卡雖然沒說什麼，但是突然搬離家裡，應該也是顧慮到小明的關係吧。

「好吧，早點把事情給解決。」

茉妮卡做了一次深呼吸，然後嘿嘿地露出燦爛的笑容，像個小孩子一樣拉起我的手走到門外離開公寓。

我們緩緩步行到月樓，門上掛著準備中的門牌，茉妮卡索性就直接打開門走進去。裡面正播放拉赫曼尼諾夫的鋼琴協奏曲，維持著略低的音量，力道十足地演奏著。趙玄嚳站在吧檯後面，正仔細地準備下午的營業工作，看到我尾隨在茉妮卡身後便細細地瞇起眼鏡下的雙眼。

「我還在想你什麼時候會過來。」趙玄嚳說道。

我聳聳肩。

他穿著整齊的長袖潔白襯衫和黑色長褲，領子上綁著繩狀領帶，墨色的石頭固定在領口，左手還是戴著手套。

「兩位想喝點什麼？」

茉妮卡快速地用英語說了一個茶名，趙玄罂聽了立刻著手準備茶具。我和茉妮卡坐上吧檯的位置，過沒多久，趙玄罂端出一組精緻的瓷器，往茶杯中注入深紅的茶湯，濃厚的香氣立刻擴散開來。

我端起來啜了一口，帶著濃濃的水果香，非常好喝。

「你想見小明嗎？」他單刀直入地問。

「想——」我沒有多少猶豫，但是……

「我不知道我到底想找她幹嘛。」

「是嗎？」趙玄罂微微一笑，輕嘆。

「小明她在嗎？」

「她在樓上的房間裡，不過你還是別直接上去找她吧，我去問問她。茉妮卡妳可以幫我準備一下店裡嗎？」

茉妮卡點點頭，然後轉身蹦蹦跳跳地跑到準備室去。

趙玄罂帶我走到後面的廚房，雖然是廚房，雖然但是卻乾乾淨淨鮮少使用痕跡，看起來像是只有作為家庭料理使用。六人座的長桌取代調理臺擺在中央，占據了面向後院的清幽景致，某種程度上來說也算是貴賓席。

他要我坐在這裡等，然後走上樓去。我側耳傾聽，只聽見短暫的敲門聲和小聲交談，然後門便關上，過了大概五分鐘左右趙玄罌才慢慢地走下來。

「稍微等等吧。」他笑著離開廚房走到前臺，然後拉上門。

心臟的震動好像拉扯著血管，脈動延續到全身。我只坐在那裡卻異常地緊張，趙玄罌在樓上跟小明說了什麼？我緊張得手心冒汗，明明只是同班同學，這時候我卻突然有點怕見到她。

抱著不安的心情，我望著窗外的天空，不停地捏著雙手。前臺傳來清脆的門鈴聲響，好像是有客人進來了吧，我聽見茉妮卡的招呼聲。而我只能坐在這裡乾等，看著流雲快速飄移。

據說人在緊張的時候，某些心理能力就會變動，就像是綜藝節目上玩的十秒倒數遊戲，明明練習再練習，把十秒鐘時光的流動刻骨銘心地烙印在身體裡面，到了正式上場，短短十秒鐘卻像是度日如年，又彷彿眨眼即逝，好像隨著心臟跳動的速度，時光的流逝也開始變得不正常。

我豎起耳朵，聽見細小的足音從上方傳來，腳步踏著老舊的木板樓梯，發出吱嘎的聲響。季禘明穿著一件常磐色的居家款式洋裝，淡綠的植物線條從裙襬底部向上蔓延，束腰是熟透的萊姆色，頭髮在身後用髮圈束起，她站在樓梯旁與我對望一眼，然後安靜地走到我的對面坐下。

她的眼眶似乎有點泛紅，看起來像是剛哭過，難道是因為我的關係嗎？一定是因為我的關係吧。雖然我不知道她為什麼要哭，但是看她這個樣子，心頭就忍不住揪起來。

「你的身體都已經好了嗎？」她用一種許久沒開口的沙啞嗓音說道。

「嗯，好像沒什麼大礙，只是皮肉傷。」

「雪菲爾小姐在外面？」她似乎聽見茉妮卡在外面的聲音。

「我幫她搬家，剛好就在這附近。」

她低下頭一咬牙，臉頰鼓起。

「我真的很害怕，從我知道你遇上雪菲爾小姐開始。」

「那妳為何什麼都不跟我說呢?從我上高中再次見到妳就認出你來了，妳卻裝成完全不認識我一樣，什麼話都不說，好不容易分在同一個班級，妳還坐在我前面！」連我自己都很訝異竟然說出這麼一段話來，我瞄向小明，而她則空洞地看著擺在桌上的手。

「那我就告訴你吧。」她停頓了一下，眼神卻閃過一絲前所未有的陰暗。「守人你之前說過吧，只要是你的家人，不管再怎麼危險你都會去。」她雙拳緊握，指甲前端緊緊地嵌進皮膚裡。「我用我的手啊，狠狠地傷了我的家人噢。我母親昏迷了整整一週，我父親在床上躺了半年，你知道……你知道他們再看見我的那種眼神嗎?那是看著怪物的眼神啊。雖然他們表面上裝成沒事，不過我從他們的視線裡看得清清楚楚，他們是打從心裡怕我的。」

我的心揪得比剛才更緊了，好像呼吸被她的話語攫住一樣動彈不得。

她的聲音開始發顫，眼角噙著淚。「我不敢交任何朋友，在學校也不跟同學交談，我很害怕啊。我怕我這雙手又會去傷害別人，又會去傷害我喜歡的人啊，我寧願大家把我孤立，把我當成怪人也好，只要別再傷到任何人就夠了。當大家用那種與一般人的交往的態度接近我的時候，我就會全身顫抖，在心裡大叫要他們離我遠一點。當我再見到你的時候，我真的好害怕……」

「……我怕你把我當成怪物……」她流下眼淚。

一股酸楚湧入我的心中。

「爸爸和媽媽已經把我當成怪物了，太可怕、太可怕了，我真的沒有辦法再忍受那個眼光，也沒辦法再跟他們一起生活。那時候唯一對我伸出手的人只有玄罌哥，他把我帶來這裡，我才又在這個學校遇見你。」她忍住哽咽，抹掉臉上的淚珠。

「我不交朋友，我害怕自己會再次傷害到其他人……不對，我是害怕那種被當成怪物的眼神……」

我伸出手，握住她那捏得蒼白冰冷的右手，她猛地瑟縮了一下，抽開她的手。

「為什麼？」

「……可是我是怪物啊。」

「如果妳是怪物，那現在的我不也是怪物嗎？我就不能理解妳嗎？啊啊、我知道的，從我再見到妳的那一次我就知道了，不論妳再怎麼迴避我都沒有用，我從以前就喜歡妳了，即使過了那麼久，即使妳變成怪物那又怎麼樣？」我再也忍不住心中的激動脫口而出。

她看著我，淚水決堤般汩汩湧出。

我再一次，再一次地握住她的手。

「妳離開我的時候沒有好好地珍惜是我的錯，這一次我再也不會放開妳的手了，就算妳不喜歡我也無所謂，把我當成家人啊！我就是喜歡妳嘛，喜歡喜歡喜歡！不要裝成不認識我啊！也不要不跟我說話啊！我就是喜歡妳啊！」

她滿臉潮紅，眼淚始終沒停下來。

「嗯咳！」趙玄罌突然拉開一道門縫，「請你們稍微注意一下音量。」

我想我的吶喊應該是傳遍整家店了，意識到這點的我突然感到一陣熱流往臉上衝，想必臉紅的程度絕對不輸給眼前這淚人兒。

「女孩子都哭成這樣了，你是不會坐到旁邊好好安慰人家嘛？」茉妮卡猛然拉開門，穿著那套女僕裝一臉憤慨地指著我。然後玄罌哥的一記手刀精準地擊中她的後腦杓將她拖走，門被重新關上。

我紅著臉繞過半張桌子，小心翼翼地沒有鬆開手，坐到褅明身旁。她的右手像是鉗子一樣抓得死緊，握到我都覺得有點隱隱作痛。她不停地啜泣著，流著眼淚而沒有大哭出聲，只是用她的左手拚命地抹去淚水。我將身體靠向她，讓她的頭能夠靠在我的肩膀上，就這樣不停地流著眼淚。

害羞到想找個洞鑽的我一時也不知道該說些什麼話安慰她，只好就這樣坐著。

「你真的……不會放開手嗎？」她小聲地問道。

「真的。」

「你真的那麼喜歡我嗎？」

「真的。」

「我真的可以把你當成家人嗎？」

「真的。」

她抬頭起來看著我，雖然整張臉都紅通通的佈滿了眼淚，不過總算是破涕為笑。這是我們重逢以來，我第一次見到她笑。看著她的笑容，就讓我想起過去在一起玩的時候，她也是那樣笑著。

她重新，慢慢地將頭靠在我肩上，沒有再繼續哭泣，只是安靜地握著我的手。我感覺到她手心的溫度慢慢變得溫暖起來，呼吸變緩。我想她應該是睡著了也不敢打擾她，直到太陽逐漸落下，色溫開始轉為澄澈的橘色，然後再漸漸轉暗。

左肩已經完全麻掉了，連握著她的手掌也動彈不得，她像個小孩扣住我的手，像抓著玩具熊入眠一樣沉沉地睡著。

玄罌哥走進來開了燈，微笑著看著我。

「果然心結還是要由真正喜歡的人來解啊。」他幫我把小明的頭移開，不知道是什麼原因小明完全沒有醒來的跡象，像個睡美人似地毫無反應。

「不用擔心，小明她一激動就很容易被影子控制，所以我給她下了一些暗示防止她突然變化，加上心理上的放鬆所以才會睡得這麼沉。」

「暗示……是催眠術嗎？」

「是啊，我們也是用了各種手段幫助她，但是看起來效果還不如你的告白呢！」

我突然又感到一陣熱紅。

「不用害羞啦。上樓走到底就是小明的房間，你可以抱她上去嗎？」

我點頭，鬆開她的手甩了甩發麻的手臂，然後一把將小明抱起。可能是因為抱過暮綾姊又抱過茉妮卡，她比我想像中輕多了，再加上能力的關係，一點也不費力。我抱著熟睡的她走到樓上，她的房間整理得很乾淨，除了沒什麼裝飾之外是個很正常的女孩子房間。

我輕輕地將她放到床上，替她蓋上被子。然後拉了張椅子坐在旁邊看著她的睡臉。

果然我還是最喜歡她了。

我離開房間下樓，趙玄嬰和茉妮卡坐在餐桌旁，看來是休息時間吧。桌上擺著茶點，兩個人吱吱喳喳不曉得在談論些什麼，看到我下樓才安靜起來。然後兩個人同時用一種曖昧的眼光望向我。

「幹嘛。」我沒好氣地說。

「沒有啦，只是頭一次聽見這麼熾熱的告白，而且又這麼大聲。哈哈哈！」茉妮卡忍不住笑意直接笑了出來。

「真的……有那麼大聲嗎？」

「真的真的，哈哈哈哈！」

「客人們都忍不住為你加油了。」趙玄嚳用加重語氣說。

「哈哈哈哈哈哈……」茉妮卡簡直就笑岔了氣。

「是笑夠了沒啊，忍不住就說出來了嘛。」我紅著臉走到桌旁坐下，拿起茶點稍微填填肚子。

「其實關於小明的事情，日後可能還需要你們的幫忙，唉，情況還真是複雜。」

「怎麼回事？」

「一次死掉三個影子使者，沒有多餘的人力過來幫我們。所以只能暫時湊合湊合。」

趙玄嚳露出苦笑。

「小明……她的影子嗎？」

「是啊。」

「小明的父母也太差勁了，竟然就這樣拋棄自己的孩子！」

「話也不能這樣說，你見過小明變身的樣子吧。右手變得特別巨大。」

我點點頭。

「我第一次見到小明的時候，怎麼說呢……就像她自己所說的，除了『怪物』之外沒有別的形容詞了，全身被影子覆蓋，軀體膨脹成兩到三倍大，四肢全都變成你所看過的右手的樣子。你所看見的那個模樣，是我和小明兩年來努力的結果。」

「……」

「而且……那是在我們影子使者眼中的模樣。在小明第一次暴走的時候，她的父母親所看見的，是自己的孩子像個瘋人一樣朝他們攻擊，他們看見的可不是一個黑色的怪物，而是自己的女兒以非人的狀態攻擊他們。我是第一個到現場的，那時候小明正用她的爪子將父親玩弄得不成人形，而母親早就昏過去了。

你以為正常的父母親見到自己的孩子變成那樣，還能像往常一樣看待自己的孩子嗎？不要怪小明的父母，就算他們願意接納她，在她的能力還不穩定的情況之下，暫時分開也是不得已的。」

趙玄翳脫下左手的手套，手腕在夕日下顯得有些灰黑而略帶透明。

「看得出來吧。我的左手是以能力形成的義肢，在我的同伴趕來之前我就失去了左手，那個怪物像是大型的貓科動物一樣把獵物當成玩具，如果再晚一點，我可能就小命不保。」

我呆呆地看著他的手，一句話也說不出來。

「這件事連小明自己都不知道，她不記得變身的時候所發生的事，所以請不要說出去。」他重新戴上手套，「在晚上還沒問題，不過白天很容易被看穿。」

「這是……劉醫生的能力嗎？」

「你猜得還真準呢！」他微笑。

「小明的事，我能幫上什麼忙？」

「她在月圓之夜會強制變身，可能是因為那時候影子的能力最強的緣故，每個月我總要找些幫手來防止發生意外，可是這回一次死掉那麼多人，上頭又派不出多餘的人手，只能靠你們來幫我啦。」

「請務必讓我幫忙，雖然不知道可以幫上什麼，但是我已經答應小明了。我絕對不會讓她繼續痛苦下去。」

茉妮卡和趙玄嚳相視而笑。

——**那女孩的事，我想我能幫得上忙。**一道聲音突然傳入我的腦海裡，我一時還反應不過來，隨後才想到。

是夸特恩？

——**給我一點力量吧。我來說說我的想法，而且這需要雪菲爾小姐的力量。**

瞬間身體好像被抽離了什麼，然後巨大的身形浮出陰影，在我們的面前，機關巨人巍然而立。

—— to be continued

後記

自古以來就有許多以影子作為幻想媒介的各種描寫，惡魔也好、心理層面也好，被光線照射後在其背光面所拉曳出的陰暗，充其量也只是沒有光的狀態罷了。影子沒有實體，是不存在於這個世界之內的模糊概念，僅僅是視覺所投射在腦內的影像，要是失去光，這個世界便完全沉入黑暗之中。那麼這個黑暗到底能不能稱其為影子呢？不管是也好不是也好，總之這部作品就是以此為概念所寫出的故事。

不可否認的是強烈受到某替身漫畫的影響，讓影子變成像是替身般的存在，人形、獸形，以及其他更多各式各樣的型態和能力，越寫就越覺得荒木飛呂彥老師根本是神，請受在下一拜。故事內引用了一些個人認為相當有趣的科學理論，並且以個人的理解方式呈現，有興趣的讀者可以去找資料閱讀，有認為你根本是在胡說八道的也歡迎給予各種指教。這些能力不只是個人的力量而已，每個人的能力都和性格心理息息相關，其中也包含了一些對角色暗示，希望可以有更多的想像空間。

很抱歉目前的內容充滿了打打殺殺和吸毒嗑藥，抽菸喝酒樣樣來，請各位不要吸毒，那些叔叔有練過，不要學。雖然背景奠基在現實世界中，以世界觀而言不是什麼壯大的故事，但是登場的角色還是來自世界各地，戰鬥場景也會逐漸拓展。我也會盡其所能地發揮出影子能力，將最有趣的故事呈現在各位讀者面前。

開始認真寫小說應該是當兵的閒暇時間開始的，撇開高中時亂寫的短篇奇幻小說之外，《影子戰爭》是我第一次完成十萬字以上的故事，同時也是第二部完整設定的作品。

影子戰爭

原本只是在寫其他作品閒暇之餘的即興創作，結果原本的小說還沒能拿出來見人，反倒是這個故事先出版了，就某方面的意義而言，實在是大大出乎我的意料之外。明明也是很好的孩子啊，希望有機會讓她和各位見面。

寫小說實在是一件又快樂又折磨的事情，在此要感謝不太支持我的家人，感謝用心畫出角色插畫的阿特，以及非常親切給我很多專業意見的編輯阡陌，當然還有三日月書版願意給我這個出版機會。

作為第一部出版作品，非常感謝願意掏錢捧場購買這本書的讀者們，對於能讀到後記的讀者們更是衷心感謝，希望不要讀到一半就大喊這是寫些什麼而丟到垃圾桶去。

那麼，我們下回再見。

墨筆烏司

輕世代
FW009

鶴求你這老不死的現在是怎樣啊啊啊——

才正要展開青春高中生的生活，胡離姬的過敏體質卻突然惡化，而驅妖體質的沈霽也在學校對有妖怪血統的同學做出攻擊行為，校醫為了恢復他們的正常校園生活，決定冒險讓他們過去「那一邊」找神醫鶴求。

可……那位童顏老頭開口的第一件事，是要兩人到山上採仙草，他們是只有半妖血統的人類小孩啊！為什麼要在「這一邊」跑給三腳牛群追！

就算他幫我老媽產檢還讓她轉生為人，
但這還是不能阻止我罵他老不死的因為桑山它X的好可怕呀——
大受好評的番外篇！離姬的爸爸與媽媽相愛相殺番外篇火熱連載中！

妖怪過敏症 卷の二

葛貓 著　Izumi 繪

三日月書版

輕世代
FW008

出包魔法使 2
魔法師的役使龍女

竹日白 著
白冬 繪

我不是英雄！！
就算人們歌頌我的天才，為我歡呼……
我始終認為，不該踏進那個世界——

與現實平行的世界，盛行著劍和魔法及新興起的科技。
為了避免重複歷史曾經上演的悲劇，冬司決定與卡絲娥合作，與流馬共同接受針對有關魔法使的特訓，同時，也一方面透過維爾的敘述，希望更了解另一個世界演化的歷史。

然而，夏洛克的遊戲依舊如鬼魅般纏繞著每個被扯進來的人，夏洛克的真正意圖依舊成謎，而魔法生物間死鬥的宿命，正在看不見的角落不斷地上演……戰火，正一步一步燒向冬司三人短暫、和平的寧靜……

三日月書版

高寶書版集團
gobooks.com.tw

輕世代 FW018
影子戰爭01

作　　者　墨筆烏司
繪　　者　阿特
編　　輯　張心怡
美術編輯　陸聖欣
排　　版　彭立瑋
出　　版　英屬維京群島商高寶國際有限公司台灣分公司
　　　　　Global Group Holdings, Ltd.
地　　址　台北市內湖區洲子街88號3樓
網　　址　gobooks.com.tw
電　　話　(02) 27992788
電　　郵　readers@gobooks.com.tw（讀者服務部）
　　　　　pr@gobooks.com.tw（公關諮詢部）
傳　　真　出版部　(02) 27990909　行銷部 (02) 27993088
郵政劃撥　19394552
戶　　名　英屬維京群島商高寶國際有限公司台灣分公司
發　　行　希代多媒體書版股份有限公司/Printed in Taiwan
初版日期　2013年2月

國家圖書館出版品預行編目(CIP)資料

影子戰爭 / 墨筆烏司著. -- 初版.
-- 臺北市 : 高寶國際, 2013.02-
冊；　公分. -- (輕世代 ; FW018)

ISBN 978-986-185-815-9(第1冊 : 平裝)

857.7　　102000132

三日月

三日月

GOBOOKS
& SITAK
GROUP©